ウィスコンシン渾身（こんしん）日記

THE DAYS OF WONDER AND JOY IN WISCONSIN

SEIKO SHIRAI

白井青子

幻冬舎

ウィスコンシン渾身日記

もくじ

はじめに　5
二〇一五年　夏　9
二〇一五年　秋　33
二〇一五年　冬　61
二〇一六年　春　91
二〇一六年　夏　133
二〇一六年　夏　パリ編　145
二〇一六年　秋　161

二〇一六年　冬　195
二〇一七年　春　221
あとがき　261

往復書簡

内田　樹→白井青子①　268
白井青子→内田　樹①　274
内田　樹→白井青子②　280
白井青子→内田　樹②　286
内田　樹→白井青子③　291
白井青子→内田　樹③　298

イラストレーション　たにあいこ
ブックデザイン　鈴木成一デザイン室

はじめに

「ウィスコンシン州、マディソン」と聞くと、たいていの人は首をかしげる。「ああ、あそこね」と言われたためしがない。だから私はだいたい「シカゴの近くの……」と説明するようにしている。「シカゴ」と聞くと、たいていの人は納得してくれるからである。

シカゴと言えば人口順位がニューヨーク、ロサンゼルスに次ぐアメリカ第三の大都市である。五大湖のほとりに位置するシカゴの巨大摩天楼には、ミュージカルはもちろん、シカゴ・ブルース、シカゴ美術館にシカゴ・ピザ、トランプタワーにシカゴ・ギャング……わくわくするような観光要素がもりだくさんである。そしてそんな華やかな大都市シカゴから車で北西へ離れること三時間。私たちは「アナグマ州」という愛称を持つアメリカ中西部のウィスコンシン州の州都、マディソンに行き着くのである。

シカゴのひしめき合うビル群とは百八十度景観の異なる湖に囲まれた小さな街、「ウィスコンシン州マディソン」である。

私はひょんなことから、この誰も知らないアメリカのウィスコンシン州マディソンで旦那さんの「白井君」と二人、二年間暮らすことになった。二〇一五年から二〇一七年の二年間、オバマ政権からトランプ政権へと変わり、アメリカそのものが歴史的な変貌を遂げようとしている、ちょうどそんな頃のアメリカ滞在だった。

だけど出発直前、来る新生活に向けて準備にいそしむ私は大変な騒ぎだった。なんといっても今回の引っ越しは日本から海を越えた大移動である。白井君の仕事の都合で五度目となる引っ越しとはいえ、これまで経験した姫路や東京、出雲などの国内転勤とはわけが違うのである。そもそもウィスコンシン州のマディソンがどっちを向いているのか知らなかった。いや、シカゴでさえどこにあるのかよく分かっていない。ビザの関係上、仕事をすることも出来ない。それ以前に英語を話すことも出来ない。友達もいない。目的もない。若さもない。夢も希望もない中で、精神はすっかりきりきり舞い。その上、出発一か月前からあちらこちらで送別会と称してお別れの儀式に奔走していたものの、さて出国かという段になって今度はビザがなかなか取得出来ずにじりじりと出国の日を待つはめになり、そのじりじりと待たされている間、私のアメリカ生活への不安は爆発しそうなほどに膨れ上がり、よっぽど一人で日本に残ろうかと思い詰めたほどだったのである。

日本とアメリカ合衆国ウィスコンシン州の時差は十四時間で、これはほぼ昼夜真逆ということになる。だけどそもそもＷｉ－Ｆｉさえつながれば、ＬＩＮＥもメッセンジャーもスカイプも使えるので、マディソン到着早々に、これまで通り家族や友達とやり取りが始まってしまうと、十一時間前に「行ってきます」「元気で……」などと今生(こんじょう)の別れのごとく目頭を熱くしたのが嘘みたいだった。出発直前にはあんなにあれこれと思い悩んだのに、いざ渡米してみると、私はあっけないまでにすべてが杞憂だったと気付いたのだった。

二〇一五年七月初旬。私たちが降り立ったマディソンの街はとても美しかった。

新しいアパートの部屋の窓から見える公園は芝生が青々と生い茂り、朝に歩けば野うさぎやリスに出くわし、夕暮れ時にはほうぼうで無数の蛍が果てしなく足元を舞い、日々のランニングに花を添えることがあった。点在する湖にはヨットやカヤックが浮かび、水面には降り注ぐ太陽の光がキラキラと反射して輝いていた。ついこの間まですべてを悲観し、人知れず涙を流した日々が、嘘のように遠のいていく。

あんなにくすぶっていたのに、どこまでも青空の広がるこのマディソンの美しさを前にして、私は一瞬にしてこの田舎町に心を奪われるとともに、心穏やかに幸先の良いスタートを切ったのだった。

二〇一五年　夏

始まり

ウィスコンシン州はミシガン州、イリノイ州、ミネソタ州、アイオワ州に隣接する、アメリカ中西部にあるちょうどグローブを着けた人間の左手のような形をした州である。その州都であるマディソンは、四つの湖に囲まれた人口二十五万人の小さな街であり、名門ウィスコンシン大学マディソン校の巨大なキャンパス群が軒を連ねる学園都市である。ダウンタウンに白くそびえたつ州会議事堂はこの街のシンボルで、そこからウィスコンシン大学のキャンパスへと続くメインストリートがのびているが、マディソンではこの真っ白な州会議事堂より高い建物を建てることが出来ないので州会議事堂がこの街の最高層建築ということになる。

私はマディソンに着いてすぐに、この州会議事堂の直近にある語学学校に通うことになった。英語の勉強を全くせずに来たので、これからの生活を考えて少しは勉強をした方がいいという白井君の判断だったのだが、入学に際しクラス分けのテストを受けると一〇〇から七〇〇まであるクラスのうち、さっそく四〇〇というレベルに振り分けられた。四〇〇といえば、Be動詞や動詞の活用などから学ぶ中学生レベルのクラスで、私はまずそのレベルのリーディング、ライティング、グラマーの三教科を毎日、午後一時から五時まで勉強することになったのである。

クラスには、コロンビアやサウジアラビア、インドや中国など、さまざまな国から英語を学びに来ている留学生たちがたくさん在籍していたが、その大方がアメリカの大学進学を目指す学生で、教室は彼らの若々しさで満ち溢れていた。

例えば同じクラスのコロンビア人の女の子は一人でトイレに行けないのか、いつも中国人の十七歳の女の子を休み時間ごとにトイレに強制的に連行し、中国人の女の子はそんな彼女に逆らえずにいつもトイレで彼女が用を足すのを待っていたし、日本人の十代の女の子は授業中にサウジアラビア人の男の子と手紙の交換をしていた。それから幼い顔にちょび髭をたくわえたサウジアラビア人のアハメは、分からないことがあると「ティッチャー！」と先生を呼び止めては個人的な質問をするのでなかなか授業が進まなかった。コロンビア人のマリアは他の生徒が当てられていてもお構いなしに「答えはAじゃないの⁉」と叫んでいるし、入学してすぐかいがいしく世話を焼いてくれた同じくコロンビア人のビクトルは、小テストで間違えるとこっそり不正な書き直しをしていて、とにかくここは、語学学校というよりは動物園と言った方がしっくりくるような自由なクラスだったのである。

クラスメイトがあまりにも若く奔放で、授業内容が中学生レベルだったので、私は入学早々自分がこのレベルに振り分けられたことを密かに不本意に感じていた。ビザの関係で出発が遅れた分、私は他のクラスメイトたちより一週間遅れで入学した生徒だったが、そんな転校生のような女が実は三十路の主婦だと知ると、学生たちはなんとなく気まずそうな顔をして距離を取っているようにも思えたし、若い女の子のグループはすでに若者特有の結束力で仲良しメンバーが固まった後らしく、お決まりの女子たちで楽しそうにつるんでいる。私は私で長らく忘れていた学校生活とあって、誰とどうやって仲良くなればいいのか分からなかった。その上、同じクラスの日本人の女の子はちっともその華やかな女子グループに私を入れてくれそうにない。日本人だから、と思って話しかけてみても、次の授業の時には違う席に移動されてしまい、挙句の果てに、ある南米の女の子から、「あの子はあなたを嫌っているわよ」と告げられる始末だったのである（まあ、三十路の主婦とつるみたくないというのが本音なのだろう）。

だからこの始まったばかりの語学学校で、私は「英語が出来ない」ということよりも、「友達が出来ない」という事実の方を重く受け止め、渡米早々にして心がくじけそうになって過ごしていた。だいたい中学生レベルの英語のクラスは、大学まで卒業していた私にとってどの授業も難しくはなかった。宿題だって三十分かそこらで終わってしまう。そんなことよりも、放課後ちょっとお茶に誘ってくれる友達がいたら、始まったばかりのアメリカ生活も少しは楽しめるというものである。

そんな不満を抱えていたある日のことである。

私は休み時間に一人で学校の地下に下りていった。語学学校の地下には、スチューデントラウンジと呼ばれる生徒たちが集まるスペースや自習室、パソコンルーム、そしてそのすぐそばにスタッフルームがあり、このスタッフルームには語学学校を運営しているスタッフが常駐していた。ここでクラス分けテストの面接や授業登録が行われていたのだが、私はこの時、始まったばかりのクラスにあまりにも馴染めないという悩みから、常駐しているスタッフに事情を説明していっそこの低いレベルのクラスから一つ上のレベルにクラス替えをしてもらおうという無謀な計画を思い立ったのである。

部屋をノックすると、スタッフの一人である女性が笑顔で扉を開けて迎え入れてくれた。いつも何かと気にかけて声をかけてくれる優しいスタッフである。「どうしたの？」と言いながら、椅子を勧める彼女に、私は思い切って「もう一つ上のレベルのクラスに行きたい」と切り出した。

「どうしてなの？」

スタッフの女性が優しく尋ねるので、私は「クラスメイトが若い……」とまごまごと答えた。すると彼女は「クラスメイトの年齢とあなたの英語のレベルは関係ないのよ」ともっともな意見を返し、それから四〇〇と五〇〇のレベルでは授業のやり方や内容にだいぶ差があるから、今のレベルをまずパスしなければ上のレベルに行くことは出来ない、と丁寧に説明してくれた。

だけどどうしてもクラスを替えたかった私が、

「でも今のクラスは割と簡単に感じる」

と控えめに反論すると、彼女はパソコンで私の情報を検索し、しばらくデスクトップを無言で眺めていた。そして、再びこちらへ向き直ると私をまっすぐに見据え、優しく、だけどきっぱりとこう言ったのだった。

「あなたはクラス分けテストで、もう一つ下のレベルの三〇〇に限りなく近い四〇〇だったのよ」

私は思いっきり頭を殴られたようなショックを感じながら、すごすごとスタッフルームを退散した。そして、渡米前に何度も「英語の勉強をしないの？」と白井君から言われていたのに、その頃は鍼灸院やら占いの館やらに通うばかりで何もしなかったことを今更ながら思い返していた。自分のこの自覚のない英語レベルの低さにも我ながら驚いたが、「中学生レベル以下」にもかかわらず上のレベルに行きたいと申し出たことも、恥ずかしかった……。

私は元の教室へ戻るべく、とぼとぼと階段を上っていった。上のクラスに行けないほど英語が出来ないのだということはとても悔しかった。でもそれなら仕方がない。アメリカ生活は始まってまだたったの一週間である。語学も友達作りも、きっと最初はどこの土地でも難しいだろう。マディソン滞在はこれから二年間である。時間はまだまだあるはずなのだ……。私はいつしか自分自身を鼓舞しながら、階段を上っていた。そしてここからが、私がその後ほぼ二年間通うことになるウィスコンシン州マディソンでの語学学校生活の本当のスタートとなったのだった。

お菓子外交

マディソンに来て二週間ほどした頃のことである。語学学校でサウジアラビア人たちが授業中にすごい勢いでポテトチップスを食べていることに気が付いた。そうか、ラマダーンが明けたからか、と私は合点する。思えば七月中旬に今年のラマダーンが明けてからというもの、彼らは休憩時間十分が過ぎてもなかなか戻ってこないことがあった。業を煮やして先生が授業を始めると、ようやく戻ってきた彼らの手には近くのドラッグストアで買ったコーラやスターバックスなどの戦利品が握られており、授業の後半戦は映画館でポップコーンを食べているかのように、あちらこちらで好き勝手にお菓子をほおばる姿をよく見かけた。

そもそも授業中にお菓子を食べるという光景にカルチャーショックを受けるのだが、あと五十分少しで授業が終わるにもかかわらずお菓子を食べることを我慢できなかったということにも驚いてしまう。そんなによく食べるのだから、ラマダーンはさぞ辛かっただろうな、と私は胸を痛めるが、そのことに関して彼らはいつも笑顔で「ラマダーンは小さい頃からしていることだから慣れている」と答えてくれた（本当だろうか）。

だけど、サウジアラビア人に限らず、成長期のティーンたちはどの国の生徒もよく授業中にバリバリとお菓子を食べていた。ひどい時などは、小テストの最中にも食べる音が聞こえてくるのだから、成長期の彼らの胃袋は計り知れない。

そして私は最近、彼らのそうした習性にヒントを得て、この若者たちのひしめく語学学校でなかなか友達が出来ないという状況からの脱却、つまり「ぼっち脱却」を目指して「お菓子配り」という名の「プレゼント外交」にいそしむことを決めたのだった。

はじめに外交相手に選んだのは、割と日頃から親しく接してくれるコロンビア人のビクトルだった。試しにキットカットを一つあげてみると、ビクトルは予想していた以上に目を輝かせて、「お菓子を受け取った時」「授業の途中」「食べる直前」「二日後」の計四回も私にお礼を言い、嬉しそうに、なお一層フレンドリーになったのである。

そしてその後の実践もとてもうまく事が運んだ。クラスメイトのコロンビア人のマリアにあげてみると、二回もお礼を言って、「お昼休みに一緒にランチを食べないか？」と誘ってくれたし、中国人のゾーイは「放課後、遊びに行くけど一緒に来る？」と遊びに誘ってもくれた。十七歳の中国人のジェニーは、次の授業で自分のお菓子をそっと私の前に差し出してくれて、それ以来、なんとなく仲良くなった気がするのである。

こうして外交にいそしんでいたある日のことである。ライティングの授業で四人のグループに分かれて作業をしていた時、私の頭上で小さな菓子袋をパーティ開きする音が聞こえてきたことがあった。

顔を上げると、犯人は一緒に作業をしていた韓国人のミンだった。ミンは私より後に入学してきたばかりの、私と同じ転校生のような子で、私以上に大人しい若い女の子である。彼女はまだ来たばかりのせいか英語がとてもゆっくりで、ほとんど自分から話をすることがない。話しかけても英語に慣れていない上にシャイだからか、一言返すくらいしかしてくれなかった。そんな彼女がその日、ライティングの作業の始まりとともに、自身が持ってきた菓子袋をパーティ開きし、そこから一かけらを食べてみせ、おずおずとその袋をテーブルの中心に置いたのである。そしてまた窺うようにして、同じグループとして座っていた私やモンゴル人のサラ、中国人のパトリシアに「食べろ」と目配せをしたのだった。

作業の途中だったので私は少し面喰らっていたが、血も涙もないモンゴル人のサラは即座に「ン、ン」と首を横に振り、中国人のパトリシアもそれに続いた。彼女たちは、新参者のこの勇気ある行動を一瞬にして拒絶したのである（気持ちいいほど大ざっぱな性格の持ち主たちである）。

残念そうなミン。

残るは、出遅れた私一人である。ミンがお菓子を差し出してくる。

私はミンの差し出したお菓子を手に取り、口に運んだ。だけど、同時にアメリカに来て早々に患っていた扁桃炎が悲鳴を上げるのを感じて悶絶したのだった。

実はこの頃、私はこの扁桃炎のせいで固形物を食べると口中に激痛が走るという辛いコンディションで毎日を送っていた。その上、ミンのお菓子はさくさくとしたパイ生地にチョコレートが分厚くコーティングされたアメリカのお菓子である。口に入れるだけでも鋭い痛みが走り、飲み下すのも涙が出るほど難航するものだったのである。

私は苦痛にゆがんだ顔を悟られないように下を向いて作業をした。とても痛かったけど、ミンはまだアメリカに来たばかりの女の子で、大人しくて、休み時間はつまらなそうに携帯電話を触っている一人ぼっちの女の子である。どうして私にこのミンのお菓子が断れただろうか。私には「ぼっち」だった経験があるからこそ、転校生の彼女の気持ちが痛いほど（喉の痛みと同じくらいに）分かった。そう、あれは勇気を出したミンの「お菓子外交」だったのだから、私にはそれを拒絶するなんてことは出来なかったのである。

嵐の夜に

渡米してひと月が経った八月中旬のある日、私は語学学校の近くにある人気のピザ屋でピザをほおばっていた。マディソンは快晴。少し肌寒くなったように感じられる空気の中、アラブ人の男の子はTシャツの上にマフラーを巻いていたし、私も長袖の秋服を着て登校していた。空は高く、風はひんやりとして、なんだかすっかり秋のような雰囲気である。

前日のマディソンの天候は荒れに荒れていた。街はこれまでの美しくのどかな風景を一変させ、世にも恐ろしい嵐がマディソンに到来していたのである。だけどそんな悪天候の中、こじらせた扁桃腺の腫れがいよいよひどくなった私は、マディソンにある病院へと赴いていた。もちろん雲行きは怪しく、夕方に降り始めた雨は徐々に激しさを増し、学校からいったん家に戻って病院へ出発する頃にはすっかり外は暴風雨となっていた。空は荒れ狂っていたが、それでも私はバスに乗って家から十五分ほどのところにある総合病院へ急いだ。アメリカで病院に行くのは初めてだったし、バスで語学学校以外の場所へ行くのもこれが初めてのことだった。

病院に到着すると、すぐに簡単な手続きの後にいくつかある診察室の一つに通された。机とパソコンと診察台と洗面台しかないがらんとした部屋である。その部屋で待っていると、しばらくして青色の医療服を着た腰の低い白人の女性が現れて、私の向かいの席に座った。日本のように医師があらかじめ座っている診察室に通されるのではなく、患者が診察室で先生の来室を待つというスタイルを新鮮に感じていると、その女性が「通訳は要るか？」と私に尋ねた。

「イエス、プリーズ」

通訳をお願いすると、その人は脇に置いてあった電話の受話器を手に取ってどこかに電話をし、スピーカーに切り替えた。少しすると、日本人の少し年配と思われる女性の甘ったるい声が聞こえ、電話での通訳サービスが始まったのである。

「その症状はいつからですか？」

と、医療服を着た白人の女性が英語で受話器に向かって尋ねた。すると電話の向こうから通訳女性が、「一週間くらぁいですよね?」と日本語で私に尋ねる(なんという意訳)。

熱を測ると、通訳の人が電話越しに「熱はござぁません」といちいち訳してくれる。当たり前のことだがその通訳が終わって私が返事をして、それをまた英語で通訳しなくては先に進まなかった。「イエス」と答えればいいだけのところをなんとなく私が「はい、そうです」と丁寧に答えると、医療服を着た女性はわざわざ通訳の人の「That's right」が聞こえるまでぴくりとも動かないので、私は甘ったるい声で一つ一つ丁寧に訳していく通訳の人も含めて、そのすべてがなんだかまどろっこしく、この初めて利用する顔の見えない通訳のシステムを少し面倒くさく感じ始めていた。

そんなやり取りをしながら診察は進んでいき、熱も脈も血圧も異常なしというのが判明したところで、今度は喉のバクテリアを検出するのだと言って、私の目の前に綿棒が取り出された。

咄嗟に私は喉の痛みを想像してひるんだが、そんな私を見て医療服を着た女性は「大丈夫よ。これはとてもソフトだから」と言い、

「あ、彼女、すごく恐ろしそうな顔してるから、今私が慰めてあげてるの」

と、なぜか電話の向こうの見えない通訳女性に向かって逆に私の様子を説明した。

「大丈夫でござぁますよ。あのお、綿棒はとても柔らかいものなので」

通訳の人も甘ったるい声で私を日本語で励ましている。

私は恐る恐る口を開けたが、すぐさまその「ソフトな綿棒」が私の半開きの口の中に滑り込んできた。こんな風にいきなり強く喉に綿棒が直撃してくるとは予想していなかった私は、一瞬痛さと気持ち悪さにえずいたが、それでも押し付ける手は緩むことなくさらに奥の方へとぐいぐい入り込み、口中が火を噴いているのではないかと思うほどだった。

「I got it!（やったわ！）」

医療服の女性が綿棒をようやく口から離して叫んだ。

「She did a good job!（彼女よくやったわよ）」

綿棒を片手に、女性は興奮気味に電話の方を見ながらそう言ったが、なぜかこの時は通訳女性は電話の向こうで一言も通訳をせずに押し黙っていた（訳す必要はないと思ったのだろうか）。

ジンジンと痛みの残る喉をさすっていると、机の上を片付けながら医療服を着た女性が何かを、今度は少し控えめに言った。

「えー、これから、先生が来ますので、しばらく待っていて頂けますかぁ。えー、他に何か聞きたいことはござぁませんかぁ?」

私はまたしても驚いた。医者だと思っていたこの医療服を着た女性はどうやら医者ではなかったのである。この人はいったい誰なのだろう。そう思いながらも「特に聞きたいことはない」と電話に向かって伝えると、その医者ではない白人女性は満足そうに頷いて立ち上がり、それからなぜか「私たちの国では、日本の評価はすこぶる高いわよ」と言ってにこやかに去っていった。

それから少し待っていると、今度は背の高い迫力のある白人の女性の医師が入ってきて、バクテリアの検査結果は「ネガティブ」だったことを手短に教えてくれた(つまり、たいしたことはなかったようだ)。私がとにかく抗生物質を欲しいとねだったので、その医師はしぶしぶ五日分の抗生物質を出してくれ、こうしてやっとすべての診察が終了したのだった。

チェックアウトを済ませ病院を出ると、外は待っていましたと言わんばかりの迫力満点の大雨だった。日本ではあまり経験出来ないような大粒の雨がバケツをひっくり返したように降っている。鳴り響く雷鳴。道という道には水が溢れかえっているので、泳ぐようにしてバス停までたどり着くと、震えながらやっとの思いで家路に就いた。

まだ八月なのに、雨に濡れた上にキンキンに利いたバスの冷房で体が冷え切ってしまい、家に入ると室内がとても暖かく感じられた。この一か月の不安と緊張と体調不良の日々が思い出される。初めてのアメリカ生活。初めての語学学校。初めての病院。初めての嵐……。だけどこれでひとまずは喉の痛みから解放され、体調は良くなるはずである。そう思うと私は心の底からホッとした。そして、もうこれで大丈夫だと安堵すると、処方された抗生物質を飲んでその夜は心安らかに就寝したのだった……。

さても恐ろしい夜だった。

なぜならその夜、私は突然ひどい腹痛に襲われて飛び起きたからである。あの病院で処方された抗生物質のせいだろうと思いながら、私は深夜に何度かトイレへ走った。それだけではない。アパートの外からは戦争でも起こったのではないかと思うほどの荒れ狂う雷雨の音が聞こえてくる。アパートの屋根を打ち付ける雨音は経験したこともないほどの大音量だし、窓の外では木々が激しくしなっていた。どこかに雷が落ちた音もする。私のお腹も激しく痛い。強い雨音や雷の音をＢＧＭに、それは恐ろしく、長い夜だった……。

だけどどうだろう。一夜明けると、あれほど苦しかった喉の痛みは引き、ランチの時間にはもうピザをゆっくりだが飲み下せるほどまで回復していたのだから、処方された抗生物質の効き目は絶大だったと思わずにはいられなかった。昨日までの恐ろしい嵐も今朝はすっかり跡形もなくなっている。腹痛もどこかへ消えてしまった。悪夢のようなあの一夜はすっかり過去のものとなり、私はこの日、清々しいマディソンで、生まれ変わったかのように口いっぱいにピザをほおばる喜びに浸りながら、秋の到来を感じていたのだった。

夏の終わり、マリアと私

気付けば、あっという間に二か月が経ち、毎日せっせと通っていた語学学校のカリキュラムがついに終了した。

私の通う語学学校は二か月が一つのセッションになっているので、八月の終わる頃、私が参加していた七月と八月の夏のセッションが終わったのである。生徒たちはワンセッションごとに自分の取る授業を決め、二か月目の最終日にファイナルテストを受けて終了となるが、その後はこれまでの授業の結果次第で次のレベルへ進む子もいれば、進まないでその授業をリピートするいわゆる落第生もいるし、語学学校を卒業して帰国したり、アメリカの大学や高校へ進学する子なんかもいる。それは一人ひとりの事情によって異なっていて、私が大好きだったカザフスタン人のシャイな男の子などはセッションの途中で帰国してしまったし、アラブ人のおしゃれな男の子もこのセッションで帰国するようだった。モンゴル人のサラは来月からシカゴで新しい生活を始めるし、中国人の若い女の子たちは、アメリカの高校へ進むために違う土地へと去っていった。

そして私は、もう少し英語を上達させるべく、そんな若者たちに交じって引き続きこの語学学校で九月から始まるセッションの一つ上のレベルの授業を三コマ受けることにしたのだった。

最終日にはいろんなところで別れを惜しむ声が聞こえていた。私もいつの間にかそんな輪に入り、帰国してしまう彼らに「Keep in touch!（連絡してね）」などと叫んで、写真を撮り合ったりしていたが、中でもコロンビア人のマリアはしょっちゅう抱き付いて甘えてきて可愛い存在だった。彼女はクラスのリーダー的存在で、女王蜂のように君臨している二十一歳の女の子である。

実はそのマリアと、私は何週間か前に一度、同じバスに乗り合わせたことがあった。セッションも後半に入っていた時期だったので、肉体的にも精神的にも私は少し疲れていた。だから隣に座った女王マリアにふと「ホームシックにならないの？」と質問をしたのだが、しまったと思った時には遅く、見るとマリアの目からはぼろぼろと涙がこぼれ落ち、マリアは私の質問に答える前に泣き出してしまったのである。

いつも授業に積極的に参加し、クラスを牽引している元気なマリアが泣いているので私はすっかり動揺してしまったが、そんな私に彼女は「もちろん、ホームシックでさみしい」と心細そうに打ち明けたのだった。

聞けば、彼女は十二月までの四か月、あと二セッションを終えるまでは、コロンビアへ帰国出来ないのだという。英語を勉強し、あと二つ上のレベルのクラスを卒業してから帰国し、英語を使う仕事に就くのが夢なのだそうだ。ただ問題なのは、今コロンビアにいる彼氏と何やらごたごたしており、とにかく一刻も早く帰りたい気持ちで毎日を過ごしていたのだとマリアは語った。

バスに揺られてすすり泣くマリア。そんな彼女を慰めながら、「私もホームシックだよ」と言うと、すかさずマリアは「あんたには旦那がいるじゃない」とぴしゃりと言ってまたそめそと泣いた。

「マリアにもビクトルがいるよ」

と、同じコロンビア人の男友達の名前を出してみると、今度は嘲笑の混じった泣き方で、「ビクトル？　あんなの、ただの友達でしょ」とマリアは言った（可哀想なビクトル……）。

私はなすすべもなく、とりあえず慰めたり、慰めるのをやめたりしながらバスに揺られていた。だけどこの時、異国の語学学校での留学生活を謳歌しているように見える若い彼女たちも、一人ひとりいろいろな思いがあり、それぞれの夢やら事情やらを抱えているのだということに思い至って、私は少しだけ切なくなったのだった。私だって単純に毎日が楽しいばかりではなかったけれど、それでもマリアからしたら、気楽な主婦に見えていたのかもしれない……。

バスが私のアパートに近づいていた。「うちは近いから、さみしくなったらいつでも遊びに来ていいよ」と言ってみると、やっとマリアに笑顔が戻った。「もう降りるね」と立ち上がろうとすると、マリアが「それにしても」と言って私を呼びとめた。

「あんたの旦那さんっていつもシリアスそうに歩いてるよね」

それから今度はもっと悪戯っぽく笑いながらこう言った。

「あんたはあんたで、なんかいつもファニーだし。いったいどうやって恋に落ちたわけ？」

爆笑しながら手を振るマリア。

思えばその日からである。マリアは放課後、私をよく探すようになった。授業後トイレに行こうとすれば、「Seiko! Where are you going?」と来る。私が図書館に行くと言うと、「私も行くわ」と言ってついてくる。来たら来たで早く帰りたがり、マリアはなかなかの女王ぶりだったのだが……。

だけどセッション最終日。マリアとハグをしながら、この二か月のセッションが終わるということは、そんな彼女との下校もとりあえずはいったん終わりなのだと私は思った。初めての興味深い語学学校生活。大変ではあったけれど、振り返ると、若者たちに囲まれながらもなんだかとても楽しい二か月だったように思ったのだった。

二〇一五年　秋

映画を通じて

九月に入り、ウィスコンシン大学の秋の新学期が始まろうとしていた。アメリカの大学はセメスター制なので、一月と九月に新学期が始まる。だから五月に春学期が終わった後のおよそ三か月間、卒業していく生徒と新入生のあわただしい入れ代わりがあり、その後九月に入ると今度は夏休みを満喫した生徒たちがキャンパスに戻ってくるので、この季節には街全体がにわかに活気づくのである。

そんな新学期の始まりを控え、今月、私は語学学校だけではなくウィスコンシン大学のコミュニケーションアーツという学部で開講されている『映画学への招待』という授業を聴講することを決めた。

というのも、ここウィスコンシン大学マディソン校は、世界的に有名な映画批評家であるデーヴィッド・ボードウェルが教鞭を執った大学として、その流れをくむ授業がいくつも開講されている映画学の盛んな大学だったからである。また、大学のキャンパス内ではさまざまな場所に映画館が設置されており、毎週アートフィルムからアニメーションまで、実に多種多様なラインナップが上映され、そのすべてが無料で観放題なのである。大学ではヒッチコック監督の作品のみを扱う講義、ハリウッドの歴史を学ぶ講義、あるいはフランスの映画監督・トリュフォーを扱う講義など、映画学の基礎から応用まで、さまざまな面白そうな授業が開講されており、それらのどのクラスでも生徒たちは毎週課題の映画を大学内の映画館で観ることになっているのである。だから、映画が大好きな私にとって、ここマディソンは願ってもない映画を学ぶ環境だったというわけである。

私はそのことを知ってすぐ、この秋学期から始まる『映画学への招待』という授業の聴講に行くことを決意した。映画学の基礎をこんな素晴らしい環境で学ぶことが面白そうだと思ったし、何より英語の勉強にもなると思ったのである。ウィスコンシン大学の学生ではなかったけれど、教授に直接お願いすれば末席に座っているだけの聴講の許可くらいは得られると思ったのだが、果たして思惑通り、担当の教授はすぐにこのよく分からない日本人からの依頼メールに対し快く聴講を許可するメールを返信してくれたのだった。

それからもう一つ嬉しいことがあった。それは、この聴講の許可を得るメールを、語学学校のジム先生に添削してもらったことだった。ジム先生は語学学校のベテランのおじいちゃん先生で、日本にも住んでいたことのある親日家のアメリカ人である。優しくて面白い先生で、このメールの添削をお願いしたことを機に、私は少しだけ先生と仲良くなったのだった。

丁寧にメール文を添削しながら、ジム先生は自分も小津安二郎監督が好きだと私に教えてくれた。それからウェス・アンダーソン監督も好きだというので、すっかり嬉しくなった私が最近観た清水宏監督の『按摩と女』という古い映画を勧めてみると、後日、ジム先生はその映画を観て感想を聞かせてくれたのである。そしてそれ以来私は時々、授業が終わってから個人的にこのジム先生のところに映画の話をしに行くようになったのだった。


大学の講義も面白かったけれど、ジム先生と語学学校でこうして映画の話をするのも楽しく刺激的な時間だった。

時に先生と、小津安二郎監督の映画『晩春』には謎の「壺のシーン」があるという話をする。その「壺のシーン」についてある批評家は「日本的な〝間〟を表現している」との見解を示しているのだと得意気に私は教えるのだが、それを聞いてジム先生は「〝間〟って何？」と私に尋ねるのである。

間……。

そこで私は初めて自分が〝間〟というものについてきちんと説明出来ないことに気付いてハッとする。そしてとりあえず、「今日は説明出来ません」と言って保留にし、改めて〝間〟というものが「時間的概念を含む日本独特の美意識」であることを調べてジム先生に報告に行くのである。

また、ジム先生は小津安二郎監督の映画『お早よう』では、どうして子供たちはおならを出すために「軽石」を食べていたのだ？　という思いがけない質問をする。私は答えられない。「『秋刀魚』と書いて『さんま』と読むのはなぜか？」とジム先生は聞く。私は知らない、とまた答えるのである。

それから土下座を教えた日には「いつ使うのだ？」とジム先生は私に聞いた。私は、土下座は今の時代、なかなかしないものだと伝え、ついでに日本でニュースになった、コンビニの店員に客が土下座をさせた事件について教えてみると、先生はすかさず「なぜ彼らは土下座させたのだろう?」と尋ねてきた。私はちょっと考えて「知らないけど……もしかしたら半沢直樹の影響かもしれない」とジム先生に答える。するとジム先生は聞くのである。

「半沢直樹って誰?」

思いがけないことの積み重ねである。ジム先生と話していると、考えてもみなかったことを考えることになるからである。そして私はジム先生と話をすることで、自分が当たり前のように知っていると思っていたことを、実は全然深く知ってなどいなかったのだということに気付いて新鮮な気持ちになるのである。

もちろん、先生に英語で説明しなくてはいけないということも私には大きな課題だった。私の英語のレベルでは、自分が伝えたいことの半分も伝えられなかったからである。だけど、大好きな映画を通じての話であればこんな苦労すら面白いものに思われた。大好きな映画学の講義とジム先生との英会話。この二つが、その秋、私が新たに楽しんで取り組み始めたことだったのである。

魅惑のサウジアラビア人

語学学校の午後の授業で大音量のコーランが鳴り出し、クラス中に響き渡った。このクラスが始まって以来毎度のことなのだが、イスラム教の午後の祈りの時間のようだ。そして毎度のことながら、そのスマートフォンの持ち主である女の子は気まずそうな顔をして鞄から携帯を探し出すとスイッチを切ってそのまま祈ることはなく授業に戻っていった。

彼女はサウジアラビア人。いつもヒジャブを纏って授業に出席しているのだが、私はこれまでサウジアラビア人もイスラム教徒も知り合いに持ったことがなかったので、彼女が隣に座ると何だかソワソワしてしまう。その上授業中、彼女の携帯からコーランが突然鳴り響くのだから、ドキドキしながらも「祈りに行かなくていいのかな?」と勝手に心配になって、よく知らない遠い国の宗教の慣習に人知れず心が揺れるのである。

ところでその女の子の他にも、私の通う語学学校には、本当にたくさんのアラブ人が通っていた。特にサウジアラビアからの学生が多く、どうやらこの学校にはサウジアラビアとの強いパイプがあるようだった。彼らの半分以上はどこからかお金を補助してもらって毎年大量にマディソンに留学に来ており、あとは自費で来るお金持ちの学生のようで、だからこの語学学校には「すごく優秀」なサウジアラビア人か、「すごくお金持ち」のサウジアラビア人しかいなかった（私のクラスには、「すごく優秀」ではない方の「すごくお金持ち」の男の子が多かった）。

そんなサウジアラビア人の男の子たちは、ヒジャブなどを身に着ける女の子たちとは違って割と自由にカジュアルな欧米風の恰好をしており、彼らは十七歳かそこらで、ラコステやバーバリーを着こなし、立派な革靴を履き、腕には香水やらアップルウォッチやらをちゃらちゃらと着けていたりした。グッチのスカーフを巻いている子なんかもいるし、十九歳のラカンはクラスメイトが誕生日だと聞けば高級チョコレートを買って遅刻しながらご機嫌でやってくる。また、彼らの素晴らしい持ち物や装飾品はすべてアメリカに来てから買い揃えられているので、彼らはクラスでもピカピカとして目立つ存在だった。

それだけではない。サウジアラビア人の学生たちが揃いも揃って端整な顔立ちをしているという点も、興味をそそられる要因の一つだった。浅黒い肌、しなやかな体、小さな顔、吸い込まれそうなくりくりの美しい目。そうしたエキゾチックな外見に加えて、彼らにはどことなく大人びた佇まいもあった。

例えば美少年のラカンは、トルコ人が他の人の発言中にふざけていると「エクスキューズミー、今彼女が話している」と躊躇なく注意するし、十九歳の医学生のサルマンは年上の我儘なスペイン人のフェリペに対して我慢強く対応している姿をよく見かけた。アップルウォッチを着けているフェイゼルは、私が「ラマダーンはもう終わったの?」と聞くとにやりと笑って無言で手に持っていたクッキーを分け与えてくれるし、アップルウォッチの使い方も教えてくれた。

どうしてか分からないが、彼らは二十歳にもならない若さで一様に他人へ敬意を表すふるまいを自然と身に付けていたのである。だから、いったん注意を向けてみると、この美しい装飾品を身に纏ったイスラム教徒の若いサウジアラビア人たちが、私の目にはとても魅惑的に映ったのだった。

頭の良し悪しはさておき、「顔良し、性格良し、お金持ち」とくるので、私はよく語学学校の独身の女の子たちにサウジアラビア人男性を勧めてみたのだが、やはり宗教的なものの存在は大きすぎるようだった。

かくいう私もＳＮＳなどで、彼らが普段の伝統的なカンドゥーラを身に着けた写真などを投稿しているのを見ると、いつもしなやかに高級な洋服を着こなして授業を受けている学生とは別人のように見えて、宗教や民族的な垣根の高さを感じることがあった。

また、この語学学校は彼らのために特別に「祈りの部屋」を用意しており、そこへ時々若い彼らが出入りしている姿を見かけることもあり、そうすると聞き慣れないアラブ語で静かに同胞たちと何やら囁き合う声が漏れ聞こえてきたりもするので、私はまたハッとさせられるのである。

それから授業の時も、彼らとの価値観の違いに驚くことがあった。「僕たちの国では男と女は同じ場所でご飯を食べることは出来ないよ」と発言したその舌の根も乾かぬうちに「我々の国には男女差別はない」と憤然と発言することもあったからである。

当たり前のように男女が同じ席で食事をする日本で生まれ育った私としては、そういう慣習や、それを体現している彼らの存在に心の底から驚いたし、サウジアラビアに映画館がないと知った日には、「それでいいのか?」と疑問を感じることもあった。

ところで、そんな不思議なサウジアラビア人のクラスメイトたちの中で、私が一番好きで面白いと思っているアハメという大金持ちの生徒がいた。実家が金とダイヤモンドの会社を経営しているというアハメは、空き時間に自分の家族写真をたくさん見せてくれたことがあり、自分は大家族で、親戚は百人くらいいるのだと得意気に語った。大量の家族写真をスクロールさせながら、彼は、「親戚が家に集まる日は大変だよ」と無邪気に笑ったが、私がキットカットをあげると「こんな美味しいチョコレートは初めて食べた」と若いのに大げさに驚いてみせるのだった。

だけどとにかく勉強が出来ないので、アハメはいつもテストでカンニングをするし、宿題も教室で友達のノートを丸写ししていた。舌足らずで英語の文法も綴りもめちゃくちゃ。特技は場の空気を和ますことと、授業中、先生を見ずに隣に座っている語学学校一可愛いスイス人の女の子を見つめること。そして彼は臆面もなく純粋な美しい瞳で、休み時間に私によくこう尋ねた。

「宿題ってやるとしたらどのくらい時間かかる？　四十分？　四十五分？」


ある日、先生が来週小テストをすると宣言すると、「今度の木曜日はイスラム教の祝日なのです」とアハメは大真面目に手を上げて発言した。そんなアハメに先生は優しく答える。「あらそう。でもクイズは金曜日だから、何の問題もないでしょう」

「だけど、木曜日は朝から晩まで祝日なのです」

食い下がるアハメ。

「あらそう。でもクイズは金曜日だから」と、もう一度先生は優しく答える。そんなやり取りをクラス中がくすくすと笑って見守っている。同じイスラム教徒の生徒たちも笑っている。だけど、それはみんなアハメが好きだからだ。

可愛いアハメ……。彼はきっと祝日の木曜日にはクイズの勉強をすることが出来ないということを伝えたかったのだろう。だけどもうアハメは発言をするのはやめて、今度は「なぜ笑うんだ？」とばかりににこやかにクラス中を見渡し、最後にゆっくりとスイス人の女の子に微笑むのだった。

イングリッシュネームドットコム

十月に入り、マディソンはすっかり朝晩の冷え込む季節となった。渡米してから三か月。マディソンでの暮らしもやっと落ち着きを見せ始め、この頃私にも少しずついろんな国の友人が出来るようになってきたが、そんな中で、私の中国人に対する見方も、ここ数か月でマディソンに来てから大きく変わったことの一つだった。

マディソンのような小さな街でも中国人はとてもたくさん住んでおり、語学学校でも中国人留学生と接する機会がとても多いのだが、そんな彼らの中には日本が好きで日本語を話せるという親日家が、想像以上に多かったのである。韓国人の中にもたまに学校で日本語を選択した、という人がいるけれど、日本好きの中国人というのは、その人口に比例し、私はここマディソンに来てからとてもたくさん出会った。

日本のアニメが好きで、ファッションが好きで、アイドルが好きで、日本食が好きで……とにかく日本が大好きだと言われることがよくあり、中には「日本の戦国時代が好きで、織田信長が特に好きだ！」と熱く語ってきた歴史好きの人もいたので、私はとりあえず「ああ、織田信長ね……死んだよね」などとぽつり真顔で答えたこともあった。でも、「とにかく日本がだーいすきだ！」とまで言われると、こちらも悪い気はしない。ただただ、いい子たちだな……と感じてしまうのである。そして彼らに褒められれば褒められるほど、私は海の向こうの遠い祖国が一層誇らしく、好きになっていくのだった。

けれど、そんな中国人たちに対して私には一つだけ思うことがあった。

それは、彼らが揃いも揃ってイングリッシュネームを名乗るという点だった。私の知っている中国人は、ペネロペ、エレン、ジェシー、キャサリン、トム、サイモン、ジャクソンとくる。どう考えてもキャサリンやトムという顔ではない。もちろんアジア人の中には韓国人でたまにアイリーンやレイチェルというイングリッシュネームを使う子たちがいたが、これらはどちらかというと少数派に属した。日本人だと、長い名前が覚えにくいということがあって、短縮して名乗らされることがあるが（例えば、ナオユキだとナオ、マサフミだとマサ）、イングリッシュネームを使用するということとはまずないだろう。

私が最近友達になったスカイラーとジャクソンという男女も、上海から来たイングリッシュネームを使用する日本が大好きな中国人だった。スカイラーもジャクソンもとても日本が好きで、これまでに二度、日本に旅行をしたことがあると言って私に熱く日本愛を語ってくれた。

特にスカイラーは、日本の芸能ニュースは私よりも詳しく、好物は納豆。ジャクソンはそんなスカイラーといつも姉弟のように一緒に行動しており、私に嬉しそうに日本のアニメの話をし、実はアメリカに来る前は日本留学を検討していたとも話してくれた。


そんな彼らと、語学学校のイベントに一緒に参加した時のことである。私はかねがね疑問に思っていた中国人のイングリッシュネームについて二人に尋ねてみたことがあった。

ジャクソンは「ジャクソン」という名前は自分で決めたのだとニコニコしながら教えてくれた。スカイラーはそんなジャクソンに対して、自分は渡米前に「スカイラー」という名前をわざわざ「イングリッシュネームドットコム」というサイトで二ドルで購入したのだと得意気に言ったが、アメリカ人のスタッフが「その名前は珍しいので覚えやすいわね」と褒めると、「これはアメリカでよくある名前って書いてあったから購入したのよ」と少し気分を害したようだった。

「どうして英語名をわざわざ使用するの？」

私が最大の疑問をぶつけてみると、スカイラーは「中国名は発音が難しいからよ」と当たり前のようにさらりと答えた。なるほど……。スカイラーの勢いに納得したように見せながら、しかし私は、逆にアメリカ人が日本に来て、「僕は太郎です」「私は京子です」と名乗っていたらとても面白いのではないだろうか、と一瞬頭の中で考えていた。中国名の発音が難しいのなら、せめてワンタンとか、ホイコーローとか、中国っぽい名前にしたらいいのに、なぜスカイラーだのジャクソンだの、パトリシアだのダニエルだのを名乗るのだろう……。

「ねえねえ、日本の自動販売機って私、大好きよ」

私がイングリッシュネームについて疑念を抱いていると、スカイラーが横から楽しそうに話しかけてきた。ジャクソンも携帯のカメラロールに入っている日本の自動販売機の写真を見せてくれたので、「ああ、これね、私もよく買うよ」と自慢気に私は答える。

「いいわよねー」

羨ましそうにするスカイラーとジャクソン。この子たちはいつも私に、自分たちが知っている日本文化を披露して、日本人である私からその知識の広さを承認されるのが好きなのだ。

いつものごとく日本文化に対する羨望の時間となり、すっかり得意になった私は、試しに「コンビニに行ったことあるかい？」と二人に聞いてみた。コンビニ文化こそ、日本の素晴らしき民族性の集大成だと思ったのである。

「日本のコンビニは本当にすごいわ！」

思った通りスカイラーが目を輝かせて食いついてきた。「コンビニのおでんはアメイジングよ」とスカイラーは絶賛する。ジャクソンは「あそこのおにぎりはとても美味しい」と言うので、私は静かに頷きながら、「じゃあ、肉まん食べた？ あそこの肉まんは美味しいんだから」と調子に乗って先輩風を吹かせた。すると、「そうね……」と、スカイラーは少し考えて言葉を濁した。そして言いにくそうに、こう言ったのだった。

「肉まんは中国でも食べたことあるから……」

そう、可愛い中国人の学生たちから日本文化を礼賛されることに慣れてしまった私は、すっかり肉まんが中国から来たものだということを失念していた、ただの恥ずかしい日本人だったのである。

壁

アメリカに来て三か月目、私は突如、英語を話すことの壁にぶち当たった。

英語の勉強を頑張ろうと決意して語学学校に通い続けてはいたが、英語に対する自信のなさ、話さなければならないというプレッシャーや不安、焦りの悪循環から、英語が全く出てこないという症状がここにきて時々発作のように起こるようになってしまったのである。

読み書きなど一人でコツコツと時間をかけて行う分には問題はないのだが、誰かと話さなければならない状況になると、しばしば頭の中が真っ白になり、英語は脳内でバラバラと散らばっていった。話したいことは日本語でしか出てこず、それは日本語から英語へ変換するための脳内の回路のようなものがショートしたのではないかと思うような症状だったのである。

だけど毎日語学学校に通う限り私は英語を話さなければならなかったし、今期はスピーキングを重視するクラスに一つレベルアップしていた。だから突然の壁にぶち当たっていた自分にとって、二セッション目となる今期は闇をさまようかのごとく、辛く、厳しいセッションとなったのだった。

そしてそんな私がこの秋授業を取ったリーディングのキャシー先生は、このセッションで退職を控えたベテランのおばあちゃん先生だった。彼女は「ラブリー」と言うのが口癖でいつもオーバーオールに豚柄のソックスを履いたカントリー風のファッションを着こなしていたが、その実彼女は全然ラブリーではない、なかなか食えない先生だったのである。

リーディングの授業の初回、キャシー先生は宿題で読んだ記事に関するディスカッションにほとんど参加出来なかった私にさっそくCの評価を付けた。

これはエングレードと呼ばれる、語学学校が全クラスに導入している評価システムで、先生がテストや宿題、授業中の生徒の態度をすべてインターネット上で管理し、毎回点数を付けるシステムであり、アメリカの大学ではよく使われているものだった。

このエングレードで初めてCの評価を受けた私が、ショックを受けたのは言うまでもなかった。授業をパスする条件はB以上である。このままだと、二か月後にこの授業をパスすることが不可能で、私は落第生になってしまう。評価の甘い先生であれば、授業に出席さえしていれば九十点以上のAをくれたりすることもあったのだが、キャシー先生はそんなことではAはくれない。ディスカッションに参加出来なかった日には、いくら宿題や予習をちゃんとしていても容赦なくC。絶対に揺らぐことはないのである。

その上彼女は「ラブリークイズ」という名の抜き打ちテストを週一で仕掛けてくる悪い習癖もあった。それは突然、予告なしに行われる筆記テストで、その点数はしっかりエングレードに反映されるものだった。いくら生徒たちが「やめてくれ」と叫んでも、キャシー先生は「ベリーイージー」と叫び返すだけである。「だって、あなたたちは宿題したんでしょ?」先生はすまし顔だったが、私にとってはそれは朝一の悪夢だった。

それだけではない。厳しいキャシー先生は、ラブリークイズの他にも、遅刻者を教室から閉め出したり、態度の悪い生徒を「KIDS!(ガキが!)」と罵ったり、休み時間中に机の上の生徒の荷物を隠したりというファンキーな一面もあった。またある時は、言うことを聞かない生徒たちにキャシー先生がついに激怒し、残り十分間の授業を放棄したこともあった。それは授業中、若い生徒たちがキャシー先生の話を聞かずにおのおの好きなことを喋り出したので、彼女が突然はっきりと「私は怒りました」と言い放ち、そっぽを向いて教室を出ていってしまうという事件だったのだが、その後教室に残されたティーンたちの混乱ぶりもまた凄まじいものだった。

まずいっせいに「お前が悪い」の言い争いが始まり、授業中にデッサンをしていたエクアドル出身の芸術肌のステファニーは、一番態度の悪かった不良のトルコ人を教室から閉め出して、「ゴーアウェイ!」と叫びまくるし、コロンビア人のマリアはこの次のグラマーの授業もキャシー先生だと恐怖に顔を引きつらせてグラマーの授業の予習を始める醜態を見せた。サウジアラビア人のアハメはアハメで「何か買ってきて先生にあげるのはどうだろう?」と金で解決しようと提案し、マリアに「謝るのが先だろ」と怒られていた。結局、クラス全員で職員室までキャシー先生に謝りに行き彼女の怒りを鎮めることに成功したのだが、いつも真面目に授業に出ていた私としては、三十を過ぎて職員室に謝りに行くなどという事態に、何だか大きなもらい事故にでも遭って複雑骨折したような気分だった。

けれど不思議なことに、そんな風に怒られたりへこまされたり振り回されたりしながらも、実は私はこのキャシー先生の授業がとても好きだった。もちろん彼女の厳しさは英語の壁にぶち当たっている私をとても苦しめたが、反面、その苦しみからの脱却のかなめともなってくれたからである。話さなければいけないという焦りと不安は、彼女の厳しい評価に対する恐怖も大きな要因ではあったのだけれど、一方でそれが確実に、授業参加に消極的だった私の意識を変えていったのである。

思えば授業に参加することはとても恐怖だったけれど、諦めないで取り組めば、キャシー先生は私たち生徒を、正当に評価してくれた。頭が真っ白になっていても、どんなにわけの分からない英語を話して自己嫌悪に陥ろうとも、先生は話そうと努力する私の英語にじっと耳を傾けてくれたので、私は少しずつこのキャシー先生の授業を通じて、失敗を恐れずに、英語を話すことの出来ない自分をさらけ出すこと、努力することを身に付けていったのだった。

セッションの最終日、私はファイナルテストが終わった後、キャシー先生を教室の前で待っていた。辛かったけれど、キャシー先生の厳しさのおかげで英語を話すことに消極的だった自分を変えることが出来たのだとどうしても伝えたかったのである。

「私を変えてくれてありがとうございます」

教室を出てきたキャシー先生にそう言うと、私の目から自然と涙がこぼれてきた。

ふと見ると、キャシー先生も泣いていた。私とキャシー先生は教室の前で、二人で笑いながら泣いていた。そして泣きながら、壁を越えるということはとても苦しいということ、それから先生と生徒というものは時に苦しめ合って成長し高め合うものだということを、ここマディソンで私は学んだのだった。

福祉について考える

「もし仕事を辞めた場合、あなたの国では、人々は何をしますか？」

これはあるクラスのグループディスカッションで出されたお題だった。しばらくグループ内で各自何かを考えるような沈黙が流れ、コロンビアから来た老け顔のブライアンが、おもむろに「泣く」と言った。

まあ、泣くよね、と私は笑ったが、ブライアンは「泣く以外に何が出来る？」とニヒルに続けた。「仕事を探す」と韓国人のボラがブライアンに向かって言うと、「泣いた後にね」とブライアンは食い下がる。「いやいや、ハローワークが先じゃない？」私は、社会経験のない若い二人がそう答えるのも無理はないと微笑ましく感じながら、大人らしく二人を制してみせた。自慢じゃないがこれでも大学を卒業してからいくつもの職を転々とし、辞める度にハローワークのお世話になった私である。ブライアンが不思議そうに尋ねる。「それ何？　そこで何するの？」私は得意気に答える。「ハローワークでは仕事を紹介してもらったり、自分で探したり、職業トレーニングさせてもらったり、二、三か月お金がもらえたりします」

そのハローワークでも数か月アルバイトをした経験があるのである。いろんな失業者を見た日々を懐かしく思い出していると、「WHAT？」ブライアンが叫んだ。「お金がもらえるの？」今度は私が驚く番だった。「もしかしてもらえないの？」「NO！」ブライアンが即答する。「お金がもらえなかったら、仕事辞めたらどうするの？」と、私は聞く。日本でももちろん、すべての失業者が失業保険を受け取ることが出来るわけではないけれど、少なくとも私は結婚生活六年間のうち三度は失業保険を受け取った経験があり、その間に「ゆっくり自分に合う仕事を見つけよう」というスタンスで就職活動をのんびり楽しんだことさえあった。

「だから、泣くんだってば」

ブライアンがにやりとして言う。

「仕事がない間のつなぎの生活費？　親に頼るか、自分の貯金しかないよ」

それを聞いて、貯金なんて自分で一度も出来たためしのない私は恐ろしさに震えた。

これじゃあおちおち失業なんてしていられない。放心している私に向かって韓国人のボラが言う。

「日本は世界でも福祉が恵まれている国だと思うわよ」

そういえば、と私ははたと思い至る。ハローワークに限らず、日本の福祉の充実ぶりに、ここアメリカに来て気付かされたことが何度かあったのである。マディソンから車で三時間の距離にあるアメリカの大都市シカゴに遊びに行った時のことである。そこで私が一番驚いたのは、若年のホームレスがとても多いことだった。女性のホームレスもアメリカでは珍しくなく、道端で座り込んでいるうら若い白人の女の人も何人か見ることがあり、彼らは貧困にあえいでいるようだった。

最もショックだったのは、若い働き盛りの男の人が足に傷を負い、その痛々しい傷口をあらわに座っている姿を見た時だった。流血はしていないものの、足の肉がえぐられ少し腐りかけている。だけど彼は医療費が払えないのでなすすべもなく路上に座り込んで、物乞いをしているのである。さすがに道行くアメリカ人たちも彼の傷口を見ないように顔をそむけて歩く人が多く見られたが、これはアメリカ人にとって「明日は我が身」の出来事なのではないかと考えさせられたのである。

というのも、アメリカの医療費はべらぼうに高い。無知な私は医療費がこんなに高いのは自分が外国人だからだと勝手に思い込んでいたけれど、語学学校の先生たちからも、アメリカの医療費や福祉のずさんな現状がしばしば語られることがあった。医療費のせいで、自動車事故に遭った親戚が破産したというアメリカ人の話を聞いたこともあったし、抗がん剤治療をするためにホテルから病院に通う人の話も聞いたことがあった。これは、入院するよりもホテルから通院した方が安いということである。

副業で作家をしているトム先生は、はっきりと「アメリカで金持ちになりたかったら、医者になれ」と授業中に生徒たちに言った。「オバマケアは改善への一歩かもしれないが、わずかすぎるほどわずかだ」と。だからなるべく健康でいろ、怪我をするな、とトム先生は言う。

「ああ、それからもう一つ」

先生は皮肉を込めて私たちにこう教えてくれた。

「兵役に行ったらお金がいっぱいもらえるよ。特に死んだら跳ね上がるね！」

笑えないジョークだった。アメリカという先進国はお金のない者はのたれ死ぬか兵役に行くしかない、そんな社会なのだということを、私はこの時初めて痛感したのだった。

二〇一五年　冬

旅人の言葉

マディソンは記録的な暖冬による穏やかなクリスマスイブだが、私は家で寝たきりである。この三日前、私の三度目の語学学校のセッションが無事、満身創痍のうちに終了したからである（果たしてこれが無事と言えるのかどうかは謎なのだが）。

というのも、セッションのファイナルテストを控えていた最後の週末、私は人生で二番目にひどい口内ヘルペスを発症し、歯茎、唇、リンパのすべてが腫れ上がる事態に陥ったのだった。こちらは日本と違ってあまりマスクを着ける習慣がないので、ファイナルテストにドラッグストアで購入した仰々しいスカイブルーのマスクを着けてテストに臨む私は、クラスメイトにさぞかし鮮烈な印象を残したに違いない。カザフスタン人のアディルは、テストに遅刻してきたくせにいち早く私を見つけると、無言で私のマスク姿を遠くからまじまじと見ていた。

ところで、この三度目となる冬のセッションで、私はまた一つ上の六〇〇のレベルのリーディングとライティングを受講し、週五日のハードワークに挑戦した。このレベルはアメリカのカレッジレベルを想定して作られているプログラムなので、アカデミックな記事を読み、メインアイデアを読み取る能力と大学生レベルのエッセイを書く技術を習得できる（はずな）のである。だから、半年前に中学生レベルの四〇〇のクラスから始まった私にとって今期は大きな挑戦であり、二度と書きたくはないけれど、私はこの授業で『日本におけるうつ病問題』と『日本における被差別部落問題』と『日本における原発問題』の三本のエッセイを書いて提出した。

そして、そのエッセイはというと、ここでは書く際にたくさんのルールが定められていた。まずイントロダクションにはホックと言って読み手を惹きつけるワンセンテンスを必ず入れ、状況説明と論題の要約を入れること。各章にはメインアイデアの一文と専門家による論文の引用、論証を強めるために反対意見を入れ、それを論破すること。最終章には再びファイナルホックとメインアイデアの要約を入れるがイントロダクションや他の章で要約に使ったのと同じ単語を使ってはいけない。引用する際は、全単語と文章の構造を変えること。エッセイの最後には引用元の添付を定められたルールに沿って行うこと。引用文の出典はすべてアカデミックなものであること。この他に「比較文」や「原因・結果」など、授業で習った英語の文法を用いること、などである。このルールを一つ一つ授業で習い、実践していくのである。しかもテーマはだいたいが社会問題である。

エッセイの宿題が出た週、私はアパートで何本もコーラを飲んでカフェインで脳を刺激し、資料集めと問題提起に夜ごと費やし、その結果、首を痛めた。ある日は家のインターネットが急に二時間ほど使えなくなることがあり、このままエッセイを完成出来ないのではという不安で久しぶりに胸がドキドキするのを感じたこともあった。また原発問題について調べているうちに東日本大震災の記事を見つけ出してしまい、そこに書かれてあった親子のエピソードに号泣してしまってエッセイどころじゃなくなった日もあった。そうこうしているうちに毎日の宿題のあまりのしんどさから、そもそも大学に入る予定のない三十過ぎの私がこんなアカデミックなエッセイを書く能力を習得する必要があるのだろうか、という根源的な疑問にむせび泣いたこともあった。そして最後の最後に最大の難関であった三本目のエッセイを提出し終えると、その日の夜、鬱積していたストレスが爆発するかのように、口中が腫れ上がったというわけである。

全くハード極まりない日々だった。ベッドに横たわりながら、私はこの二か月間を振り返って考えた。文学畑の私にとって、社会問題を扱わなければいけないというのはとても難しかったのだ。

だけどその一方で、面白いこともあった。クラスにはコートジボワール出身の美しい黒人のアリアナという女の子がいて、彼女とは当時頻発していたテロについて話したことがあったのである。彼女はテロなんて怖くないわよ、と私に言うと、「私は人が死ぬということがどういうことか知っているし、殺されているところも見たことがあるもの」と衝撃的なことを語った。まだ二十歳の女の子である。

それから国ごとの水道料金を比較する授業では、そんなアリアナの国の水道料金が抜きん出て高く、クラス中が驚いたこともあった。アリアナ自身も驚きつつ、「うちの国はフランスの会社から水を買わないといけないのよね」と言っていた。サウジアラビア人のモハメドは「うちの国は水がないからさ、うちも他の国から買ってるんだけどねぇ」と言ったくせに水道料金はほぼ無料だったりもして、そのすべてが私には初めて知ることばかりだった。

思えば授業の始まりに自己紹介をしなかったのはこのクラスが初めてだったけれど、そんなものは必要なかったのだと、終わってみて私は気付いた。毎日顔を合わせていくうちに、私たちはいつの間にか家族のように仲良くなり、皆で一丸となって社会問題について話し合ったり記事を読んで発表したりしていたからである。学ぶことは毎日もりだくさんで、覚えなくてはいけないことも、課題も、エッセイも数え切れないほどあったけれど、張り詰めていた緊張から解放されてみると、満身創痍ながらもどこか心地よい疲れと達成感に自分自身が満たされていると感じずにはいられなかった。

ファイナルテストの日、マスク姿の私が廊下で立ち話をしていると職員室から担任のトム先生がふらりと現れて、ウィスコンシン州の分厚いガイドブックを餞別のように手渡してくれた。

「よく頑張ってたから君にあげるよ」

ぶっきらぼうにそう言うとトム先生は去っていった。著者名を見るとトム先生の名前が書いてあった（彼は物書きなのだ）。少し後でトム先生を探して「サインをください」と私がお願いすると、トム先生はすぐに汚いつぶれたようなサインとともに古い祝言を書いてくれた。

「May the wind be always at your back!」

いつもあなたに追い風が吹きますように。

それはアイルランドの祝言だった。旅人へ贈る言葉なのだそうだ。私がまだあと一年以上はマディソンにとどまる予定なのだとトム先生は知らないのだろうが、私はもらったガイドブックを手にしながら、なんだか旅立ちを促されているような、背中を押されているような気持ちでいっぱいになった。体はボロボロになってしまったけれど、こうして新たなレベルをクリアし、私の心には心地よい追い風が吹くクリスマスイブになったのである。

サクセスって何だろう

一月に入り、私はこれまで通っていた語学学校に加えて、ＭＡＴＣ（Madison Area Technical College）というコミュニティカレッジの学生になった。ＭＡＴＣの授業料が安いというのも理由の一つなのだが、半年間通っていた語学学校にも慣れてきて何か新しいことをしてみたかったのである。

だから年が明けてすぐ、私はそのＭＡＴＣで「新入生のためのオリエンテーション」に参加したのだが、そのオリエンテーションがなんとも奇妙な印象を残すものだった。

それはオリエンテーションで集まった新入生たちを前に、カウンセラーだという黒人のおばさんが壇上に上がった時のことである。学校の偉い人の挨拶があり軽いクイズゲームが終わった後、その黒人のおばさんが登場した瞬間になんとなく空気が入れ替わった気がしたのだが、次の瞬間、「失敗した経験のある人はいる?」とすごい剣幕で彼女は新入生たちに質問を投げかけたのである。

客席からは一瞬の間を置いてから遠慮がちに「車の免許の試験に落ちた」という声が聞こえた。すかさずおばさんは言う。

「私も何べんも落ちたわよ! 他には⁉」

「……学校のテスト」

「誰が受かるの、あんなもん! 他には⁉」

すごい勢いである。次から次へと新入生の失敗談を即座に(しかも無理やりに)肯定していった後、今度は「ではこれを見ろ」と大スクリーンにシリアスな音楽とともに映像を流し始めた。ウォルト・ディズニー、エジソン、ビートルズ、ビル・ゲイツ、モハメド・アリ、キング牧師、アインシュタイン……名だたる有名人の失敗談の大放出である。やれこいつは放校になっただの、事業に失敗しただのとドラマティックに教えてくれるのである。笑いをかみ殺しているのは私だけだった。そして十五分の失敗談集が終わった後、またおばさんが壇上に登場である。

「このカレッジでサクセスするには何が必要なの？」

そう、サクセスするには偉大な先人たちのように失敗を怖がらないこと。やめないこと、続けること、信じること。そしてその先に必ずサクセスはあると気付いて欲しい！


こんな印象深いオリエンテーションがあった後、始まったＭＡＴＣの授業では、さっそく先生が「リーディングの授業でサクセスするにはどうしたらいいか？」とテーマを出してきたので、私は新年早々なんだかサクセスのノイローゼになりそうだった。これまで「授業におけるサクセス」など、考えたこともなかったからである。先生たちはあなたのサクセスは？　ゴールは？　と矢継ぎ早に生徒たちに投げかける。

さらにこうした出来事は続くもので、同時期に通っていた語学学校のグラマーの教科書でもサクセスした人々の話が登場した。扱われた人物はガンジーである。教科書はこう説明する。「ガンジーやビル・ゲイツに共通することは、目的を持っていたこと。彼らは行動することやリスクを恐れなかった」そしてサクセスについて自分がどのように定義しているかを考えて、過去完了形を使ってノートに書きなさい、とのお題である。

私はすっかり困惑してしまった。教科書にはサクセスに対するいくつかの定義が書かれている。「お金をたくさん稼ぐこと」「やりたい仕事に就くこと」「友達や家族と良好な関係を持つこと」「ゴールを達成すること」……。だけど、なんだかどれも私にはしっくりこない。そもそも「サクセス」という言葉がなんとなく馴染みが薄いのである。

でも、アメリカにいると当たり前のように「サクセス話」がそこここにある。もちろん、そうしたサクセスは必ずしもお金と結びつかなくてもいいのだろうが、日々ぼんやりと生きている私にとって、「英語の勉強におけるサクセス」というものを促されるというのは、どこか居心地の悪い感じがした。

そして出されたある日の課題はこうだった。

「あなたの周りにいるあなたが魅了されたサクセスフルな人についてワンパラグラフ書きなさい」

難しいお題だった。

だけど、サクセスって何だろう。私はまだ、自分にとってのサクセスの答えが見つからないままである。

あれは偽物の英語なのか？

台湾人のジエルが首をかしげている。

私の通う語学学校には「先生育成プログラム」というものがあり、そのプログラムの一環で「英語を教える先生になりたい生徒」が「英語を習いたい生徒」に無料で毎週二日間、二時間ほどカンバセーションクラスを開講する。そのプログラムに参加してきたジエルが、同じく参加者の日本人のキクちゃんと何やら神妙な面持ちで話し込んでいるのである。

「なぜだか分からない」

と、ジエルは言う。彼女はカンバセーションクラスの先生の話が全く聞き取れなかったのだと悲しそうに言った。「使われている単語は一つ一つは聞いたことがあるのに、先生が何を言っているのかさっぱり分からなかった」とジエルは嘆いている。キクちゃんはそんなジエルに対して、「あれがネイティブの英語なのだ」と優しく励ましていた。「きっとあれが本物の英語なんだと思うよ」キクちゃんの励ましに、ジエルは驚いて顔を上げる。そしておもむろに職員室の方を指さして聞いた。

「じゃあ、あれは偽物の英語なのか？」


確かに、語学学校のベテランの先生の英語は信じられないほど聞き取りやすい。彼らはプロだ。幼稚園並みの英語力の生徒たちに二時間英語を教えるだけの特別な英語力を備えている。しかも彼らはチャングリッシュ（中国人英語）もジャングリッシュ（日本人英語）も聞き分ける耳を持っている。時には身振り手振りで生徒が伝えようとした言葉を言い当てるし、親日家のジム先生は台湾人の男の子が私に「アニメで、日本で人気で、小学生……」と説明しようとしただけで、「クレヨンしんちゃんのことではないか？」と言い当てた（そもそもしんちゃんは小学生ではないのに）。

語学学校のベテランの先生たちがそれほど私たち生徒の文化や言語に寄り添って接してくれているのだということに普段はなかなか気付かないが、まだアマチュアの先生の授業に出ると、私たちは自ずとその歴然とした差を感じずにはいられなかった。

私も一度、前の秋のセッションでそういう経験をしたことがあった。新しく先生になったばかりの新米のケリーというハンサムな先生の授業でのことである。

初めての授業でケリー先生もとても緊張していたが、そんなケリー先生の言葉が全く聞き取れない私たち生徒も、授業についていくのに、かなりの苦労を要し、時には、出された宿題が何かすら分からなくて、生徒同士で相談し合ったこともあったほどだった。なぜなら、ケリー先生の英語は少しなまっていて、複雑な言い回しを好んだからである。その上、ケリー先生はケリー先生で、私たち生徒のチャングリッシュやジャングリッシュ、スパングリッシュ（スペイン人英語）に慣れておらず、生徒の英語を全く聞き取ることが出来なかった。

コロンビア人のマリアはそんな新米のケリー先生にはやばやと見切りを付けると、先生の三度目の授業あたりでクラスを替えてしまった。私も、実はマリアのようにクラスを替えたいとスタッフに相談に行ったのだが、入れる空きのあるクラスがないということで（マリアが最後の空きだった）ケリー先生の授業を最後まで取らざるを得なかったのである。

あまりにも授業が分からないので、私はよくケリー先生に宿題の質問のメールをしたが、ケリー先生は、イエスかノーで答えればいいところを、「It is not just OK but it would……」とかなんとか、だらだらとひねりにひねった返事を書いてくるので、まだ三か月ほどしかアメリカに住んでいなかった私としてはちんぷんかんぷんで、私が「それは結局ノーという意味なのですか?」ともう一度確認のメールを送ると、「セイコ、それはオーケーという意味だよ」というため息をつくしかないような一文をもらうこともあったのである。

だから、ジエルの言っていることはよく分かった。語学学校だけに通っていると、学校の壁の外から聞こえてくる「本物の英語」というものの迷宮に迷い込むことがあるのである。

今期もまた似たような出来事があった。というのも、一月末から私は語学学校の他に、新たにウィスコンシン大学の『ソビエト・フィルム』という講義を聴講しに行けることになったからである(ウィスコンシン大学で聴講するのは秋学期に潜り込んでいた『映画学への招待』に次いで二つ目である)。

今回の授業はウィスコンシン大学の大学院生などが受講する二十人ほどの小さなク

ラスだった。毎週二日、ソビエトの歴史的地理的背景をなぞりながらソビエト映画の歴史を繙(ひもと)いていくこの授業はマニアックでとても面白いのだが、一方で、語学学校の外に出た私にとってはなかなか教授の英語の聞き取りが難しいのも特徴だった。時に教授が生徒に質問を投げかけるのだが、悲しいことに質問そのものが分からないことが多々あったのである。

だから授業の初日、私はクラス全員に教授から配られた紙に何を書いたらいいのか分からなかった。大きな円卓を囲んで、一緒に座っているクラスメイトたちはさらさらと何やら書き、次々と教授に手渡して教室を去っていく。おそらくは自己紹介のようなものなのだろうと思いつつ、でも何を書いたらいいのか分からなかった。一人、また一人と生徒たちが教室を去っていった。私はもうどうしたらいいのか分からず、とりあえず、

「私の名前はセイコです。私は日本から来ました。聴講の許可を下さりありがとうございます。私は映画が好きで、特にソビエト・フィルムに興味を持っています。特に好きなソビエト映画監督は、レフ・クレショフ、カネフスキー、アンドレイ・タルコフスキー、ソクーロフ、アレクセイ・ゲルマン、ボリス・バルネットなどです。授業

がこれから楽しみです」

と、書きなぐって教授に提出したのだった。

あれで良かったのかは謎である。私だけ指示が聞き取れなかったのだから仕方がない。その上、実は「Looking forward（楽しみです）」と書いたつもりが、後で思い返してみると、「Looking for（探しています）」と書いてしまっている。「授業を探している」とは何事だろうか……（だから、どっちにしてもあれでは良くはなかったのである）。

「本物の英語」は難しい。早く聞き取れるようになりたいし使えるようになりたいと、私は切に思ったのだった。

マディソン恋愛事情

サウジアラビア人のラカンはプレイボーイである。エキゾチックで整った顔にオイルマネーを存分にきかせて、いつの間にか語学学校で二人目となる大人っぽい南米出身の彼女を作った。ちょっと頼りないところはあるが、ラカンは優しくて面白くて、とびきりハンサムだった。だから彼に二人目の彼女が出来るのは頷けるのだが、そんなラカンを除けば語学学校のティーンたちの間で色恋沙汰が持ち上がることはあまりなかった。女の子も男の子もまだまだ子供なのである。

例えばクラスの最年少、十五歳の中国人のトムは、「ガールフレンドなんていらない」と言っていた。だけどその割にはエクアドル人のステファニーのことを「太った猫」と呼びながら、授業中にいつも彼女の写真を盗み撮りしiPadで加工して遊んでいたのだが、そのうちステファニーから相手にされなくなり、ついには虫の居所の悪かったステファニーから「I hate you（大嫌い）」と言い放たれてしまった。

可哀想なトム。嫌われてしまったショックを必死で隠そうと、彼は引きつった顔で私に向かって「全然気にしない。だって女ってやつは今日は嫌いって言っても明日には好きって言うことがあるから。これは本当によくあることだ。全く気にならない」と聞こえよがしに言っていた。「あ、そう」としか言いようがない（というか、ステファニーも、トムがステファニーのことを好きで嫌がらせをしてくるのだということに気付いてあげてもいいと思うのだが）。結局びびったトムはそれ以来、ステファニーに近寄らなくなり、私の服の毛をむしったり葉っぱを投げてくるようになった。

トムに一撃を加えた色っぽくて肉感的なステファニーは、二人で遊びに行った時に「これまで男の子とは、手をつないだところまでしかないわ」と二十一歳とは思えない美しい顔立ちで独自の恋愛観を語ってくれたし、自撮りが好きな韓国人の美女アイリーンは「私は理想が高いから彼氏はいないの」と言って中国人をアッシーにしてシカゴへ遊びに行った（もちろん携帯の待ち受け画面は自分の顔のドアップだった）。

中国人のスカイラーはいつも連れ立っているジャクソンのことは「弟みたいだけど、好きじゃないわ」と言ってからかっているし（お似合いなのに）、コロンビア人のアリアドナは「アメリカ人の恋人が欲しかったけど、出会いがなかった」と言って帰国してしまった。韓国人の男の子は日本の女の子に恋をして猛アタックしたものの玉砕。どうせ国に帰ったら別れるから、というのも理由の一つだったようだが、サウジアラビア人のアハメはアハメで、「将来は火星人の女の子と結婚する」と授業で発表する始末だった。

だから、ここ語学学校ではなかなか若い男女の需要と供給のバランスが難しいのが現実だったのだが、私はというと、実は既婚であるにもかかわらずこちらに来てからたまに中国人や台湾人にモテることがあった（なんとなく、中国人はけっこう積極的だった）。一度はバスの中でウィスコンシン大学の中国人学生に声をかけられたことがあるが、彼は日本に留学していたことがあると言ってカタコトの日本語を話し、そしてそれ以来しつこくメールが来るようになったのである。それから台湾人のオタクの男の子は、ＬＩＮＥが既読にならないと分かるとメッセンジャーでメールをしてきたが、それも開封されないと分かると図書館で待ち伏せをしていたことがあった。また、他の台湾人の男の子は私が既婚だと言っても積極的にメールをしてくるので、「もう送ってくるな」とメールすると、今度は学校に来なくなった……。

だけどそんなややこしいことがあった後、私には一度だけ甘酸っぱい出来事もあった。

秋のセッションでのことである。同じクラスになったことはないけれど、中国人のサイモンは時々廊下で「ハイ」と挨拶をする程度の仲の男の子だった。サイモンは長身で細身、サブカルな女の子が好きそうな黒縁メガネをかけたちょっと文学青年の雰囲気を帯びた十九歳の男の子である。

ある日、授業の合間の十分間の休み時間に、私が一人で学内にある中庭のようなところに座って携帯電話を触っていた時、気が付くと、違うクラスの休み時間に入ったはずのサイモンがすぐ隣に座っていた。

「ハイ、サイモン」

私は声をかけた。すると、サイモンは何も言わずに持っていたスマートフォンのイヤホンの片方を私に差し出した。耳にあててみると、イヤホンからは何やら聴いたことのないクラシックのピアノ曲が流れている。

「これ何?」

私が聞くと、サイモンはI don't knowと小さく言った。

「素人の人のサイトだから、誰の曲か分からないんだ。誰かが投稿した曲なんだ」

朝からブリトニー・スピアーズなどではなくて良かった、と思いながら、私はその名も知らない美しいピアノバラードをしばらく聴くことにした。

サイモンが言う。

「これ、僕が好きな曲なんだ……」

沈黙……。

それだけのことである。

私たちは何も話さなかった。私も黙っていたし、サイモンもそれっきり何も言わなかった。十分間、朝一番の休み時間の静けさの中で、私たちはただその美しい音楽をひたすら二人で聴きながら座っていたのだった。

そして、サイモンとはその後二回ほど、同じようなことがあった。

とがめられるべき何かがあるとすれば、サイモンが私の年齢を知らなかったという点ではないかと私は思う。私たちはとりたててお互いのことを話さなかったので、彼はまさかあの静かな美しい中庭での時間に、三十路の既婚女と寄り添いながらお気に入りのピアノ曲を聴いていたとは思いもよらなかっただろう（そしてその秘密は、彼がマディソンを去る日まで守られた）。

なぜ今、あの日のサイモンのことを思い出したかというと、今朝、雪の中をバス停まで歩いていると二日前にしつこくメールを送ってきた中国人の青年と出くわしてしまったからだった。メールを開封していない上に、顔も名前も覚えていなかった私に、彼は怒っているような悲しそうな顔をしてこちらを気にしていた。とても気まずい時間だったが、結局、私は一度しか会ったことのない人にいちいち弁明するのも面倒くさかったので、そのまま知らんぷりすることに決めた。

なんとなく、嫌な時間だった。

そしてその時にふと思ったのである。サイモンはロマンチックだったな、と。あれは、マディソンのちょっとしたロマンチックな出来事だったかもしれない。

タダシテル

「明日漢字テストなんだ」とジョシュが悲しそうな顔をして日本語で言った。「抜き打ちテストなの?」と私が聞くと、彼は「ヌキウチって何?」と聞き返した。そう言われてみると……と思い、『抜き打ち』という言葉を調べてみると、「刀を抜くと同時に切りつけるということから、予告なしに行う」という刀に関する語源があることが分かったので、私はそう英語で教えてあげる。

「オモシロイネー!」と、宮本武蔵が大好きなジョシュは目を輝かして歓喜すると、すぐに自身のスマートフォンの辞書に「抜き打ち」という言葉を忘れないように追加した。前回は「攻略本」という言葉に狂喜乱舞して追加していた。彼は日本が大好きなゲームオタクなのである。

日本ではあまり馴染みはないが、こちらでは「カンバセーションパートナー」といって、外国語に興味のあるネイティブのアメリカ人と英語を学びたい外国人がパートナーを組み、お互いの語学力向上を目指す取り組みがある。私はこうしたプログラムを最大限に利用し、今期、三人の熱心なウィスコンシン大学の学生をカンバセーションパートナーとして得ることに成功した。

週に一度、大学のカフェテリアなどで会い、宿題を教えてもらったり他愛もない話をするのが新しい試みの一つとなったのである。そのうちの一人がこの日本語ぺらぺらのジョシュというわけである。ジョシュはこれまで日本の上智大学に交換留学の経験があり、日本人になりすまして日本のオンラインゲームをしたりしているので、日本語ぺらぺらな上に、どことなくちゃらちゃらした若者言葉をよく使う。

「『は』と『が』の違い、分かる?」

ジョシュが日本語で聞いてきたので、うーん、難しいね、と私は英語で答える。

「でしょう?」

と、彼はまた日本語で畳みかけてくる。

「日本人は誰に聞いても難しいって言うんだよね。だって〝タダシテル〟から。……〝タダシテル〟。でしょう?」

頭の中で〝タダシテル〟が『正している』という意味なのか、『ただ知っている』ということなのか判断するのに時間がかかったが、どうやら後者のことのようだった。日本語で主語に『は』を使うか、『が』を使うかという判断は、強調すべき言葉が主語か目的語かという違いによってなされるのだ。と、ジョシュは私に分かりやすく説明する。でも日本人は皆「これはペンです」「これがペンです」という二つの文章の意味の違いを、いちいち学ぶことはなく、すでに「ただ知って」いて、頭の中で使い分けているのだとジョシュは訳知り顔で付け加えるのである。

「ウラヤマシイヨ」

と、おまけに彼は一つため息をついて言った。

「追いつけないいんだからね」

断りもなく私が飲んでいたペットボトルを手でいじりながら、ジョシュは憂鬱そうな顔をした。

タダシテル。でもこれは日本人に限ったことではないじゃないか、と私はジョシュに言う。アメリカ人だって英語に関してはそうなのだから。

秋のセッションでグラマーの授業を取っていた私は、現在形や未来形などを習いながら、そこで英語話者が使い分ける文法の微細なニュアンスの違いを理解するのがなかなか難しかったのを思い出したのである。

グラマーの授業を取る前、私は何人かの友達にクラスについて聞き込みをしたが、語学学校のティーンたちは口を揃えて「グラマーはイージーだ」と答えた。なぜならグラマーの基礎は彼らも渡米前に母国で、ある程度習得しているつもりなのである。日本人だって学校での英語教育はグラマーがメインだ。だから、彼らは日本人である私に、「あんたはグラマーを取る必要はないんじゃないの」と、これまた口を揃えてアドバイスしてきたものだった。

だけど、私はそうは思わなかった。授業を受けグラマーを知れば知るほど、日本で私が知っているつもりだったことが恥ずかしくなるほど、授業はなかなか難しく、グラマーは複雑になっていったのである。もちろん、授業として基礎的なレベルではグラマーはある程度テストの点数が取りやすい科目だった。だけど私は will と be going to の違いや would や used to の違い、あるいは「間違いではないけれど、聞こえのおかしいもの」の小さな違いに着目してはよく躓き、その都度先生に質問に行ったりカンバセーションパートナーに教えてもらうことがあった。

そして、私がそうした小さな違いを掘り下げてしつこく質問するので、ウィスコンシン大学の女学生のミカエラは、「説明するのは難しいけれど、ここは現在形ではなくて現在進行形の方がよりナチュラルよ」と、断定的に教えてくれたことがあった。

ジム先生も will と be going to の違いにしつこく悩む私に、「What will you do? というのはネイティブの耳には少しおかしく聞こえるのは確かだよ」と言った。「What are you going to do? と尋ねるのがよりナチュラルだ」と。

だけどその一方で、そうやって宿題で教えてもらったネイティブの解答すらもまた、「文法的に」間違いだと他で指摘を受け、食い違うこともあった。それから、グラマーの小テストで間違えた個所をミカエラに相談すると「どっちでもいいんじゃないの？　間違いなの？」と驚かれ「来週まで考えさせて」と言われたこともあった。つまり、私が『は』や『が』の違いを説明出来ないように、英語話者たちもその文法の微細な違いというものを自然に身に付けて「ただ知っていた」のだった。

「カラスの群れって、murder（殺人）を使うって知ってた？」

ジョシュがにやにやしながら私に尋ねた。「a group of crows とは言わないんだよ。a murder of crows って言うんだよ。オモシロイデショー?」

面白い！　と私が食いつくと、「a school of fish, a pride of lions……」と、ジョシュはとめどなくイレギュラーな群れの数え方を教えてくれた。

「面白いけど、なぜなの?」

私が聞くと、ジョシュは嬉しそうにこう答えた。

「知らないよ！　タダシテル。……でしょう?」

二〇一六年　春

とある日曜日に

「偽中国語が流行ってるって知ってる？」

日曜日の昼下がり、マディソンの中華レストランで上海から来たスカイラーが教えてくれた。何やら今、日本の若者の間では中国語に見せかけて中国語ではない「偽中国語」を使うのが流行っているらしいとスカイラーは言う。親切にも画像まで見せてくれながら、スカイラーは「これ日本でも話題になってるから、覚えておいた方がいいわよ」と忠告してくれた。「だけど本当に中国語じゃないから笑っちゃうわ」とスカイラーは付け足す。

うな重が好きなスカイラーの弟分であるジャクソンと三人でマディソンにある日本料理屋さんでうな重を食べようと計画をしたのは私なのだが、紆余曲折を経て二人に中華料理屋さんを紹介してもらうことになり、その上私は彼女から日本の文化について教えてもらっているのである。毎度のことながらスカイラーの凄まじい日本への愛と情報量には驚かされる。私が日本の若者文化に疎い自分に恥じ入っていると、横でホルモンをほおばっている弟のようなジャクソンが「『古畑任三郎』って面白いよね」と言った。

ところで、スカイラーとジャクソンは前の冬のセッションで私の通う語学学校をやめた。彼らはそのままアメリカのカレッジに進む予定だったのだが、アメリカは九月と一月が始業なので、語学学校をやめた二人はこれから秋までの時間を持て余しているのである。スカイラーもジャクソンも、あとひと月アメリカで羽を伸ばした後、いったん上海に戻ることも検討しているのだという。

そう、この二人は大金持ちなのである。ジャクソンは一人っ子政策がまだ実施されていた中での三人兄弟の末っ子だ。上海の実家には車が四台あると授業で言っていた。スカイラーは、日本が大好きなのでこの休み中に日本に旅行に行くことも考えており、彼女は毎年日本に行きたいし、今回の休みでは日本の桜シーズンを楽しんでみたいと語った。それに、二人ともこの秋からの大学進学へ向けて、車を購入予定である。なんとも優雅な学生たちなのである。

だけど考えてみたらサウジアラビア人のラカンだって休みの度に、やれラスベガスだのフロリダだのに出向いてはバカンスを楽しんでいた。まだ二十歳の男の子である。うすうす気付いてはいたが、二十歳そこらで一人前にアメリカのアパートをあてがわれ、稼ぎもないのに休みの度に旅行を楽しんでいる姿を見ていると、アメリカのカレッジなり大学院を目指す留学生たちというのは、その国の一握りの富裕層出身なのではないかと私には思えてくるのである。

私がずっと仲良くしているディアとアディルという従兄弟のペアも、語学学校を卒業してコミュニティカレッジに進学したカザフスタン人の男の子たちだった。彼らのプランでは、その後もアメリカの大学に入り、良い就職先をアメリカで見つけたいのだという。二人とも十九歳である。彼らの高校時代の友人たちもまた、ほとんどがヨーロッパやアメリカの大学へ進学しているのだそうだ。

「どうしてカザフスタンの大学に入らないの？」

と私がディアに聞くと、ディアはつまらなそうに顔をしかめて「国がバカだから」と言った。ディアに言わせると、カザフスタンは国も大学もバカなのだそうだ。

ベネズエラからの留学生のアレハンドラはベネズエラの不安定な政情に不安を抱いていて、語学学校の授業中に、絶対に国には帰りたくないと言っていた。彼女はアメリカの大学を出て、ゆくゆくは家族とアメリカに移り住みたいのだと言う。実際、治安が不安定な南米出身の生徒の何人かは、すでにアメリカに移り住んで仕事をしている親族の誰かを頼ってホームステイしていることがあった。そうやって祖国で受けられない教育や職を求めてアメリカへ新世代を送り込むお金持ちの家庭があるのを知るごとに、私はつい日本はどうだろうかと考えたりした。

というのも、語学学校で出会う日本人たちは、私を含め極めて庶民的だったからだ。つまり、他の国のティーンたちのようにびっくりするほどのお金持ちではなかった。そしてそんな日本人学生たちのほとんどが、学生なら休学制度を利用して短期間の語学留学に来ているか、企業派遣で語学向上の特訓に来ているかであり、その先に家族の夢を背負ってアメリカ移住を考えている人はいなかった（と、思う）。

この語学学校にフルタイムで通いつつ、ホームステイをするだけでも、半年で三百万円ほどかかるのだから、語学学校で出会う日本人のティーンで長く滞在する子というのもなかなかいない。そんな莫大な費用をかけなくても、日本では安全にそして十分に教育を受けられる環境があるということなのだ。

「チンジャオロースとかホイコーローって中国人にとってはそんなによく食べる料理じゃないってことは知ってる？」

スカイラーがずっと言いたかったというように私に話しかけた。「日本人はあれが中華料理だと思ってるでしょ？　中国人はそんなに食べないんだから」

「天津飯も中国にはないよ」とジャクソンが横からニコニコと付け加える。またしても二人は「覚えておいてね」と言わんばかりだ。そして店を出る時、そんな上海人留学生二人のチップの支払いはたっぷりだった。

モチベーション

二月の初めに、私は年明けから通い始めたマディソンのＭＡＴＣというコミュニティカレッジを卒業した。卒業したというのは、払い戻しをして自ら退学したという意味である。このカレッジで私はライティングとリーディングのクラスを受けていたのだが、なんだかあまりにも退屈だったために卒業を（勝手に）早め、代わりにもとの語学学校でＴＯＥＦＬの勉強を始めることにしたのである。

入学しては退学し、そんなことをばたばたとしていると、日本にいる友人から「もっと楽に生きたら？」というメールが届いたりもした。まあ、確かにアメリカで頑張らなければならないのは夫の白井君であって、私がばたばたと苦労して勉強する必要はないのだろう。

実際、モチベーションという意味では、英語を学び続ける必要性を見失うこともこれまでに何度かあった。日常会話に必要とされる語学力というのは底が浅く、すでに日常会話で困るということはあまりなくなっていたからである。友達を作ってわいわいお喋りをする程度であれば、半年もあれば十分すぎるほど十分であるのが現実なのである。

そんなモチベーションがいま一つ曖昧な私は、三月の半ばの少し暖かい日差しの中を一人、カプレイ教授のオフィスを探しながら、ウィスコンシン大学のキャンパス内を歩いていた。毎週火曜日と木曜日に聴講に行っている『ソビエト・フィルム』の授業の先生のオフィスである。

事の発端は、ソビエトが生んだ鬼才エイゼンシュテイン監督の映画に私がひどく感銘を受けたことだった。

エイゼンシュテインとはスターリン独裁政権の時代を生きたユダヤ人の映画監督で、生涯にわたり三作品が上映禁止処分を受けるという悲劇の作家であるが、彼の確立した「モンタージュ理論」は映画史に残る重要な功績の一つであり、その斬新で美しいシーンの数々は今なお多くの映画監督に影響を与え、また、さまざまなフィルムで昨今まで引用され続けている、ソビエトが誇る偉大な映画監督だった（『戦艦ポチョムキン』の監督と聞けばピンと来る人も多いかもしれない）。

そんなエイゼンシュテインの晩年の作品で、祖国で上映禁止処分を受けた『イワン雷帝パートⅡ』という映画があり、それを個人的に観た私は大いに感動し、とある授業後、カプレイ教授に勇気を出して話しかけてみたことがあったのである。正規の学生ではない上に緊張でしどろもどろの私に、カプレイ教授は机の上を片付けながら「オフィスアワーに来なさい」と言い残すと、大きな体を揺すりながらさっそうと去っていった。

さて、カプレイ教授にオフィスアワーに招待された嬉しさもさることながら、さらなるプレッシャーを感じた私は、その日、家に飛んで帰るとオフィスアワーのアポを取るべく教授へのメールを英語で作成し、失礼のないように語学学校のトム先生に添削を依頼したりと、またしてもてんやわんやだった。

トム先生は私のメールの内容を一瞥すると、「長い！」と叫んで、私の「この度はオフィスアワーに招待して頂き、ありがとうございます、うんぬん……」のくだりに鉛筆で上から大きくバツを付けた。「こんな文章は必要ない」とトム先生が言うので、「失礼にあたらない？」と私が不安そうに言うと、トム先生はきっぱりと、「我々はアメリカ人だ」と言った（つまり、日本人のような回りくどさは必要ないという意味である）。

そしてそういうことがあってやっと今日、私は勇気を出して、カプレイ教授のオフィスにたどり着いたというわけだったのである。

フロアの一番奥にある一番大きな部屋がカプレイ教授のオフィスだった。快く迎えてくれた教授に、あらかじめ用意しておいたエイゼンシュテインをはじめ大好きなソビエト映画の巨匠たちについて聞きたかったことをいくつか質問すると、カプレイ教授は面白そうに答えてくれた。辞書を使いながらも、あれもこれもと矢継ぎ早に質問をしては笑ったり驚いたりして三十分ほど歓談の時間が過ぎた。いくつか聞き取れない部分があったのが残念だったが、去り際、カプレイ教授は私を不思議そうにまじまじと見つめて「君はソビエト映画が好きなんだね」と言った（だから授業を聴講しているのだが……）。そして、

「来月に開催されるフィルムフェスティバルのパンフレットを取りに来週もおいで」

と、優しく声をかけてくれたのである。

「フィルムフェスティバルにぜひ行きたいです。でも、聞き取りが下手なのだけが心配です」と私が言うと、教授はまた面白そうに「それなら私と一緒だね」と言って笑ってドアを開けてくれた。

オフィスを出た私の心は虹色だった。マディソンの暖かい日差しは優しく、私にはすっかり春の太陽が微笑んでいるかのように感じられた。

思えば、私はコミュニティカレッジはやめてもこの『ソビエト・フィルム』の聴講

の授業だけはどんな時も欠かすことなく参加していた。それは純粋に授業が面白かったからなのだが、語学学校とは違って、私はこの授業では、咳払いやくしゃみをするクラスメイトが心底嫌いだった。咳払いやくしゃみが英語に慣れていない私の聞き取りの邪魔になったからである。

それからこの授業をさぼったり眠ったりしている学生のことも密かに大嫌いだった。彼らはネイティブというだけで片手間でも私以上のことを聞き取り、理解しているということが腹立たしかったからである。いじわるそうなネイティブの学生が、訳知り顔で発言するのを見ると私は敬意を込めて嫉妬をした。ディスカッションの時間にはもう少しで発言しようかと迷ってドキドキして諦めたこともあり、それはとても歯がゆい時間だった。もっと英語が聞き取れたら、もっと話せたら、と悔しい思いを何度もした。明らかに面白いと分かっている映画に関するディスカッションゲームが目の前で繰り広げられているのに、私は語学の壁に立ちふさがれて、参加することが出来なかったのである。そしてだからこそ、この日カプレイ教授を独り占めしてオフィスアワーで大好きなソビエト映画について話をすることが出来たということは、いつも周りの学生に劣等感を抱いていた私にとって、とてつもなく嬉しい出来事だったのである。

恍惚としてカプレイ教授のオフィスを出、バスに乗り込むと、ふいにモチベーションという言葉が私の耳をかすめた。そして次の瞬間、私の大学時代の恩師であり、思想家である内田樹先生の声が、どこからともなく聞こえてきたのだった……。

それは大昔に神戸女学院大学で受けたフランス語の第一回目の授業での言葉だった。その日、入学したての私たち学生に向け、第二外国語であるフランス語の授業を始める前置きとして、内田先生は「新しい言語を学ぶこと」についてこう語ったのだった。

「語学を習得するということは、世界にある知的財産へアクセス出来るチャンスを得るということです。その宝箱を開ける鍵を手にするということなのです」

つまり、語学を学ぶということは、それだけで母語の外に位置する膨大な知的財産の扉の前に立つことが出来るチャンスなのだと遠い昔に先生は教えてくれたのだった。それは若かりし日の私の胸に強く響いた言葉でもあったのだが、この遠く忘れられていた記憶が今まさに、ここマディソンの青空の下で目的もなく生きる私の頭上に、再びこだまのように降り注いできたのだった。

デーツを巡る冒険

サウジアラビア人のダラルはジム先生のことが大好きである。彼女は語学学校卒業ののちにはウィスコンシン大学でドクターを取得したいと考えている二人の息子がいるお母さんで、今は毎日語学学校で英語の勉強に励んでいた。「旦那さんは何してるの？」と聞くと、「離婚したわよ」とあっけらかんと言うので、つい「サウジアラビアで離婚することなんてあるんだね」と私は聞き返してしまった。ダラルは「イージー！　イージー！」と言って紙にペンで何かを書く真似をして豪快に笑った。紙は離婚届ということだろう。

ダラルはすごく気の強そうな感じの美人である。いい家のお嬢様だったんだろうなと想像出来るような雰囲気がある。それに、ダラルは他のサウジアラビア人の女性とは違っていて、男の人と積極的に話をする（これは他のサウジ女性たちには見られない特徴である）。女王様のようなダラルにはサウジアラビアのティーン坊やたちも一目置いているようで、彼らが敬意を示しながら彼女を取り巻いているのをよく見かけることがあった。

それからダラルは、体がすごく細かった。ほっそりとして小さいのだけれど、いつ見ても何かを食べていた。十時半から始まる授業で一緒だった時も、ダラルは十一時二十分からの休み時間にコーヒーとサンドイッチを買いに行き、授業中に自分はそのサンドイッチを食べながら、クラス全員にチョコレートを配っていた。

またある時は、授業中にどでかいコーヒーポットを持ち出して、クラス全員にサウジアラビアコーヒーをふるまっていた。もちろんいくらでもおかわりは自由である。いや、そんなことをしなくてもダラルはかいがいしくコーヒーを飲んでしまった人を勝手に探し回り、追加コーヒーを入れてくれる。あわやピクニック騒ぎである。ダラルに授業の腰を折られて困惑しているジム先生にだって、ダラルは命令口調でコーヒーをふるまうので誰もダラルに文句は言えない。そしてもちろん、ダラルのふるまうコーヒーやらお菓子やらに対して私たちに拒否権はなかった。

だから私は彼女のおかげで初めてサウジアラビアコーヒーというものを飲んだし、

デーツというナツメヤシのドライフルーツがサウジアラビアで好まれているということも初めて知った。授業中に食べたくなくて一度断ったことがあるが、そんなのは無駄だった。一つだけ、と小さいのを選んでも、「もっと取れ」とダラルは強く言ってくる。ダラルは皆のお母さんだったのである。

そしてついに、先日、ダラルは授業の始まる前にデーツを箱ごとジム先生にあげた。ジム先生は大喜びである。そんな大喜びの先生を見てダラルも大喜びしていた。

ダラルだけではない。その頃、ダラルと同じクラスにいたジェニーという中国人の高校生の女の子もお菓子外交に長けた素晴らしい女の子だった。彼女は月曜日には必ず週末に焼いたエッグタルトだのチーズケーキだのを持ってきてくれた。

だから、そういう生徒を一人でも持った先生は幸運で、前のセッションにダラルもジェニーも同時に担当することになったジム先生は、そのセッションの最終日に珍しく「このクラスは本当に楽しかった」とセンチメンタルなことを言って締めくくっていた。ジム先生がそんなことをセッションの終わりに言ったのは初めてのことだったので驚いたが、これは食べ物の効果があったのかもしれないと私は思った。

その後、クラスが分かれてからも時々ダラルは私にデーツを食べさせに来ることがあった。

「ジムにもあげてるのよ」とダラルが嬉しそうに話していたので、その話をジム先生にしてみると、先生は笑いながら「僕は今日、デーツを七個食べたよ」と得意気に言った。「そんなに？」と私が驚くと、ジム先生はこんな話をした。

なんでも、その日の最後の授業でジム先生はとんでもない空腹感にさいなまれたのだそうだ。お昼ご飯を十分に食べていなかったらしいが、午後の授業は続けて二つあり、ジム先生は不幸にも食べ物を持ち合わせていなかった。授業は続けなければいけないが、空腹で力が出ない。なんだか集中力も落ちてきた……。

その時である。突如、前のクラスでダラルがデーツを机に置いて帰っていったことが、天啓のごとくジム先生の頭に蘇ったのだった。

「生徒たちにディスカッションを続けるように指示をして、僕は一人で隣の教室に駆け込んだんだ」

ジム先生は嬉しそうに言った。

「あの時、机の上に置かれたデーツを見つけた時といったら……オーゴーッシュ！」

授業を放棄して空腹のジム先生が駆け込んだ隣の教室には、ダラルによって置き去りにされたデーツが七つ、机の上でキラキラと光り輝いていた。急いでデーツに走り寄り、それを胃に収めると、ジム先生は再び何食わぬ顔でもとの教室に戻り授業を再開したのだという。

そんなことを私に語る先生の顔は、まるでドライデーツのようにキラキラと輝いていた。

アディル

ここのところ、カザフスタン人のアディルに毎日のように出くわす。アディルは二つ前のセッションで語学学校をやめ、従兄弟のディアとともにマディソンのコミュニティカレッジに進学した十九歳の男の子だ。語学学校でもいくつか同じクラスだったのだけれど、特別に仲がいいという関係ではないにもかかわらず、思えば語学学校にいた頃から何かと縁のある人だった。

語学学校にはいろんな国の人がいるが、カザフスタン人というのは日本人以上に希少価値の高い人種だった。その上、もともと私もカザフスタンという国そのものについて明るくないので、二人がロシア語を話すにもかかわらず、肌の色や髪の色、そしてその容貌が日本人にすごく似ていることに、初めて会った時はとても驚いた（中国人のジャクソンも二人のことを日本人か中国人だと思っていたそうだ）。

それにカザフスタンという国がとても若い国で、さらにイスラム教徒の国であるということ、首都のアスタナは日本人の建築家の黒川紀章が一部設計をしていることなど、ディアとアディルと出会うまで私は全く知らず、いろいろと驚くことが多かった。だから、ディアとアディルが従兄弟同士だが同い年であり、さらには二人の誕生日が一日違いだということを知った時には、軽い驚きとともに「それは、カザフスタン人だからなのだろうか？」などと馬鹿なことを考えてしまうほどに、私にはこの日本人にしか見えないロシア語を話すイスラム教徒の二人の国が未知な存在に思えたのだった。

そのアディルと、私はここのところ毎日会うのである。アディルに会わない時は、その代わりのように従兄弟のディアに会う。いつも乗るバスに乗り遅れたので違うバスに乗ってもアディルはそのバスに乗り込んでくるし、一日に二度会う日もある。

本当によく会うので、私たちは必然的に世間話をすることになる。するとなんとなく話題が広がって、語学学校のアクティビティのイベントのカレンダーが欲しいと頼み事をされる。私は「メールするよ」と言いつつ「どうせ明日も会うだろう」と、あえてメールをしない。すると、やっぱり次の日アディルはバスに乗り込んでくる。そしてカレンダーを手渡しして、「まあまたすぐ会うだろうけど」と言って別れるのである。お互いに特別仲良くなれそうな要素を持っているわけでもないのだが、これだけよく会うと、私はこれは神様の思し召しか何かだろうか、と考えてしまう（そしてその神様はきっとアッラーだ）。

そんなアディルは、ずんぐりしてジャイアンみたいな見た目でいつも眠そうだが、どこか男らしい雰囲気のある「雰囲気イケメン」である。だから女の子には割と人気があるが、授業では愛想笑いというものをしないので、先生からは可愛がられないタイプである。そして興味のないことにはとことん無愛想という奴である。だから私と何度会っても、最初のうち彼は特に嬉しそうでも面白そうでもなかった。

だけどこの間、私が『ソビエト・フィルム』の授業で扱った映画を観に行こうとしていつものごとくバスで乗り合わせた時のことだ。アディルの家の近くのキャンパスでの上映だったので、これからソビエト映画を観るのだと私が言うと、急にアディルの眠そうな目がいつもの何倍かの大きさに開かれたのである。

「なんでソビエト映画なんか観るの?」

とアディルが私に聞いた。

「興味あるから」と私が答えると、「僕の国だよ。僕の両親は二人ともソビエト映画をよく観るよ」と、アディルが珍しく話を続けたのである。

「何を観るの? きっと僕の両親は知ってるよ」

アディルが興奮気味に言うので、私は後日、授業で扱った映画のリストをメールで送ることになった(アディルがこんなに積極的に嬉しそうな顔をしたのは、世界のサンタクロースを調べた時に「日本のサンタクロース」が、熊手を持った不細工なおじいさんのイラストだったというのをからかいながら報告してきた時以来だった)。

「Are you sleeping?」

アディルからこんなメールが届いていたことに気付いたのは、今朝のことである。送信時間は昨夜、夜中の二時四十二分となっている。

もちろん私はそんなメールに気付かずに寝ていたのだが、アディルからのこのメールの意図は起きてすぐに分かった。実は、アディルに約束していた映画のリストを送ったすぐ後、彼から「両親はほとんどの映画を知っていたよ」という素っ気ないメールをもらったからである。そしてそのことで、私が冗談で「あなたの両親とお話ししてみたいよ」とメールを返すと、アディルから「両親が起きたら連絡する」という大真面目な返事をもらっていたのだった。

「僕が通訳をするから、両親に聞きたいことを聞いたらいい」

と、アディルは思いがけない提案をしてくれた。だから私も、なんとなく面白いかもしれないと思い、質問することをいろいろ考えることにしたのである。その中には「スターリン時代のことをどう思いますか?」という映画と全く関係ない質問も盛り込んであり、そうして考え出した質問リストを先日、アディルにメールで送っていたが、まさかこんな夜中に、アディルが彼の両親との接触の機会を設けてくれたとは私は夢にも思わなかったのである。

考えてみたら時差があったなぁ、などと起きしなの頭でぼんやり考えながら、私はふと、語学学校時代にアディルが朝の授業に何度か来なかったことを思い出した。そういえば、アディルはよく午後の授業に姿を現しては「朝まで電話してたから起きられなかった」と言っていた。そしていつも眠そうだった。

そうか、アディルはいつもこんな風に夜中にカザフスタンにいる家族と連絡を取っていたのか。だからいつも眠そうだったのか……。

それは思いがけないアディルの一面だった。いつもひょうひょうとして無愛想なアディルも、実は親元を離れて暮らす家族思いの優しい十九歳の若者なのだ。彼の両親との接触のチャンスを逃した代償と言っては何だか面白いけれど、この朝、私はこの不思議なカザフスタン人の意外な一面を垣間見たような気がしたのだった。

私たちのリトル・トーキョー

渡米して八か月ほど経った頃、私は猛烈に日本食に飢えていた。日本食というよりも、ただ「美味しいご飯」というものだったかもしれないが、私はこの頃、白井君とよく日本のほか弁の話をすることがあった。あれは何と美味しいお弁当だったことか、と。小さな四角形に詰め込まれた美食の箱……。またある時は牛丼、コンビニ弁当、駅前で売られているたこ焼き、サンドイッチに私たちは思いを馳せた。日本で売られている安くて美味しいご飯たちは、なんと素晴らしい逸品だったことだろう。それから甘党の私たちはお菓子のこともよく考えた。ふわふわの生クリーム、甘すぎないスポンジ、コンビニスイーツという名の一つ一つ包装された繊細な芸術品たち……。日本に帰ったら何を食べようかという話をするだけで、私たちはたちまち競って饒舌になり、うっとりとした気持ちであれやこれやと楽しいお喋りをするのだった。

もちろんアメリカでも食文化は豊富といえば豊富だった。コーラはバニラ味やチェリー味なんかもあるし、ビールも何百種類ものオシャレなパッケージでスーパーに陳列されていた。お菓子だって色とりどり。パッションピンクのクッキーに、真っ青なカップケーキ、緑色のクリームでデコレーションされたケーキが「ほら、買って」とばかりにこちらを見ている（そして彼らは決まって脳みそがとろけそうなほどに甘かった）。それからマディソンは畜産農業が盛んなので美味しいチーズも豊富だったし、有名なアイスクリームショップもいくつかあった。だけど、私たちが渇望していたのは、もっと健康的で、薄味で、舌触りの良い日本の食文化だった。ダウンタウンには中華料理店やタイ料理店、メキシコ料理店やバーガーショップの他にも日本料理店が数店舗あったのだが、どれも何か違っていた。

私は決してグルメではない。どちらかというと食には無頓着な方である。だけど八か月も味付けの濃いアメリカの食文化の中で暮らしていると、日本の食への思いが不可避的に募っていった。そしていつも二人でこう結論付けるのだった。日本はグルメ大国だったのだ、と。

こんな風に日本食への爆発しそうな恋しさを抱えていた頃である。三月の終わりに、私たちはカリフォルニア州へ旅行に出た。

アメリカの学校は三月の終わりに一週間ほどの春休みがある。それは一月から始まった春のセメスターの小休止のような一週間で、いつも大学の厳しい授業に苦しんでいる学生たちにとってはご褒美のような、待ちに待ったリフレッシュのお休みなのである。そしてその一週間を利用して、私たちはロサンゼルスとサンフランシスコを旅行することにしたのだった。

三月下旬、私たちはロサンゼルスのハリウッドのスタジオ見学から始まって、ウォーク・オブ・フェイムを楽しみ、ビバリーヒルズを冷やかし、サンタモニカビーチを散歩して、旅行を楽しんでいた。サンフランシスコではずっと行きたかったフランク・ロイド・ライト建築のマリン郡庁舎に足を延ばしたし、フィッシャーマンズ・ワーフで野生のアザラシたちの姿を楽しみ、路面電車に乗った。どちらも極寒の田舎町マディソンとは百八十度違う、都会の、たくさんの観光名所のある面白い都市だった。テレビで観たことのある風景ばかりである。

だけど、そんなアメリカの大都市を楽しんでいるにもかかわらず、私たちが最も興奮したものは、ハリウッドでもビバリーヒルズでもなかった。もちろん、ハリウッドもビバリーヒルズも興奮した。でもそれ以上に、私たちの目をくぎ付けにしたのは、ロサンゼルスに入ってすぐに目にしたＣｏＣｏ壱番屋のカレー屋さんの看板だった。
二人でしばらくあれやこれやと悩んだ挙句、とうとう後ろ髪を引かれる思いで、その店に入ることなく予定していたコリアンタウンへと辛うじて足を運んだが、すぐにまた今度は吉野家のロサンゼルス店の前で動けなくなった。夢にまで見た吉野家である。そう、ここカリフォルニアは日本人がたくさん住んでおり、日本の大手飲食チェーン店などが少なからず出店していたのである。私も白井君もしばらく入るべきかどうか迷っていた。懐かしいロゴマークが優しく私たちを手招きしている。

カリフォルニアで何を食べるべきか。

私たちは冷静になろうと努めながら二人で長いことこの命題を吟味した。ＣｏＣｏ壱番屋も吉野家もどちらも捨てがたい。二つともマディソンに戻ったら食べる機会は一年以上持ち越しとなるだろう。どんな観光名所よりもドキドキしながら、私たちは二人で何度も熟考を重ねて議論した。旅行期間中、ご飯を食べる回数は限られている……。

結局、私たちはその日、リトル・トーキョーと呼ばれる日本人街の近くにあるラーメン屋さんに入ることに決めたのだった。マディソンでは食べることの出来ない「日本のラーメン屋さん」である。「日本のラーメン」が運ばれてくる。麺が違う。汁が違う。その味、匂い、食感、すべてが、マディソン生活の中で忘れられていた懐かしいものだった。一緒に注文した餃子はカリカリとした「日本の餃子」だ。胃袋が喜んでいるのが分かる。

大満足でラーメン屋さんを出て少し歩くと、私たちはついにリトル・トーキョーに足を踏み入れた。提灯の明かりが見え、日本らしい外観の建物が軒を連ねるそこは、日本的なものしかない懐かしい心のふるさとだった。マディソンではお目にかかることの出来ない数の日本人が歩いており、日本語が聞こえてくる。日本食の美味しそうなお店がそこら中にある。私は脳内からドーパミンが出るのを感じた。そしてついさっきラーメンを食べてしまったことを少しだけ悔いた。

それから日本の「ベーカリー」の文字が見えた。シュークリームが見える。ケーキが見える。肉まんが光り輝いている。私たちはもう迷うことなくそのベーカリーに入っていった。ここで食後のデザートを買うことに二人とも異論はなかった。

店では一人の日本人らしきオジサンが忙しそうに接客をしていた。閉店間際だったせいか、店内は少し混んでいてオジサンが一人でせわしなく行ったり来たりしていた。

「シュークリーム二つとロールケーキ一つください」

私は少し迷ったが英語で注文した。日本人には見えるが、日本語の話せない日系アメリカ人かもしれないと思ったのだ（そういうことはたまにあった）。

テンパり気味のオジサンがアワアワと私に何か言った。英語だったようだが声が小さく聞き取れなかったので、「ツー（二個）」と、私はもう一度オジサンに言いながら手でピースをしてみせ、ショーケースのシュークリームを指し、「ワン（一個）」と言うとロールケーキを指さしてみせた。

オジサンはじっと私の指先を見つめていた。そして「分かった」というように頷くとトングを取りに行った。私は準備が出来るまで店内の可愛らしいケーキ群に目を走らせ、明日の夜は何を買おうかと白井君と話しながら、あっちこっちと興奮気味に眺めていた。

そうして支払いを済ませ、私たちは上機嫌で店を後にした。ケーキにしては少し高いようにも感じたが、アメリカにおける日本のケーキの相場を知らなかったし、何より今しがた手に入れたケーキはジャパニーズブランドなのだ。少し高いのは致し方ない。

ホテルに戻り、私はドキドキしながらケーキの箱を開いた。夢のような箱の中にひっそりと身を横たえていたのは、シュークリーム二つとロールケーキ一つ。そしてなぜかショートケーキ二つの計五つだった。

閉店間際だったからサービスで売れ残りのショートケーキを二つ入れてくれたのだ。やはり日本のサービスは違う！　そう喜び叫ぶ私に、白井君はレシートを見ながら、ちゃんとショートケーキ二つも支払いに組み込まれていると冷ややかに教えてくれた。なぜショートケーキを二つも余分に入れられてしまったのだろう……。

私はベーカリーでのことを思い返した。アワアワと何か言おうとしていたオジサンの姿が思い出される。あの人は、英語が分からない生粋の日本人だったのだろうか。だとすると、お互い日本語で話せばスムーズに意思疎通が出来たのではないだろうか……。

二人でケーキ五つを前にして、私たちは沈黙した。だけどすぐにそんな気持ちはどこかへ行ってしまった。ケーキはほっぺたが落ちるほど美味しかったし、シュークリームはトロトロとして甘すぎない。ショートケーキの生クリームは柔らかく、生地はふわふわとしていた。すべてがこの八か月の間に私たちの中で失われていたものだった。私たちは苦しいのと幸せなのとでお腹いっぱいになりながら、明日もリトル・トーキョーに行こうねと話し合った。だけど今度注文する時は日本語がいいかもしれない。そう言って笑いながら、幸せなロサンゼルスの夜は更けていったのだった。

目から色眼鏡が落ちた日

日本人であるということは、ある意味誇り高いことだった。授業ではよく異文化についてディスカッションをすることがあるけれど、日本の時間厳守、礼儀正しさ、組織的な民族性はいつもクラス中の称賛の的になるからだ。「日本人はインテリジェントだ」「日本人は数学に強い」「日本人はでしゃばらない」大人しくてクリーンでスマート、何事にも礼儀正しくて丁寧で、それでいてちょっとシャイで英語が苦手。日本人って何て素晴らしいんだろう、というのが授業を受けていてしみじみ思うことであり、それによって少なからず私も恩恵を受けることがあった。

もちろん他の国もいろいろな特徴があって、授業ではサウジアラビア人の「パーソナルスペース」の狭さや彼らのヘビースモーカーな習性がやり玉にあがったりしたこともあった。国ごとの待ち合わせ時間に対する考え方や、日本のタイムスケジュールの正確さについてはディスカッションが盛り上がったし、韓国のインターネット文化の逞しさには驚きと、ブラジルの時間のルーズさには失笑が起こった。だけどなんとなく、授業を受けていると先生たちだって日本人の民族性に対して良いイメージを抱いていると感じることがよくあった。

誰もがお互いのことを色眼鏡なしで見ることなど出来ないが、少なくとも日本人に対する外国人のバイアスにはポジティブなものが多い気がするし、また一方で、他民族への偏見はこうした異文化との交わりの中で作られていくことがあり、時に、全く知らなかった国の人たちと机を並べ交流したことで初めて、ぼんやりとその国のイメージというものが出来ることもあった。

そんな私にとって、語学学校でよく見かけるコロンビア人の男の子というのは、ちょっと距離を置きたい存在として色眼鏡が作られつつある存在だった。ラテンで陽気なコロンビアのノリが、これまでの経験上どうも私には合わなかったのである。

今までクラスメイトになってきたコロンビア人の男の子たちは、揃いも揃って女好き、話が長くて暑苦しい。そのくせ「どことなく信用出来ない」というのが特徴だったからだ。どこで習ってくるのか、まだまだ子供のような顔立ちで彼らは女と見れば色目を使うし、去り際のキスアンドハグは当たり前。それでいてルーズで適当だった。

二つ前のセッションで一緒だったパイロットのブライアンは、授業で出された宿題をしてくることはなかったが、女の子たちに配るお土産の持参と宿題の丸写しにはとてもマメだったし、タトゥーだらけのウィリアムは最初の自己紹介で「好きなものは?」と聞かれて「女とドラッグ」と答え、友達に借りたお金の返済をぎりぎりまで先延ばしにしていた。ビクトルは優しい男の子だったけれど、女と見たら声をかけまくっていたので陰で日本人の女の子から「生理的に無理」と囁かれていたし、新入生のアンドレスは私が宿題をしていても平気で話しかけてきて、一度話し出すと話が終わらないので私はなるべく彼を避けるようになったが、マーティンに至ってはお触りが多くてアジア女性全員から避けられていた。

愛すべきどうしようもないコロンビア人の男たち……。そんなコロンビア人の学生の一人であるアンドレスと、私は新しく始まったセッションで同じクラスになった。この頃私は、この出来たての色眼鏡のせいでよくアンドレスを避けていたのだが、そんな態度にさすがに気付いたアンドレスも、あまり私に近づいてこなくなっていた。だけどクラスの初日、最初の自己紹介のグループワークで、私はメキシコ人の女の子とこのコロンビア人のアンドレスと組むことになったのである。

趣味やら好きなものについて話せるように、あらかじめ先生がいくつかの質問を用意してくれていたので、それに沿って私たちは楽しく自己紹介し合うことになった。私たちのグループは和やかに、そして滞りなく自己紹介を進め、時に笑いながら好きな映画の話、趣味の話、家族の話、と質問用紙に沿って、自分のことを語ったり、相手のことを知ったりしていった。そして「あなたの将来の夢は？」という最後の質問にたどり着いた時である。メキシコ人の女の子が突然、私とアンドレスに向かって

「世界平和」と言ったのだった。

私は驚いて彼女を振り返った。

咄嗟に冗談かと思って彼女の笑顔を期待したのだが、残念なことに彼女は一ミリも笑ってはいなかった。

「質問はあなたの夢についてだったんじゃなかったかな?」

私はつい、自分が先生の質問を取り違えてしまったのかと思ってそう聞き返した。

「ええ、そうだったはずよ」

彼女は驚いている私をよそに、質問用紙をめくると「治安が悪いのよね」と小さく言った。もしかしたらすごくお茶目な子なのかもしれない……。私はそう考えることにし、気を取り直して今度は横のアンドレスに「あなたは?」と振ってみることにした。

「同じく。僕の夢も世界平和だよ!」

隣で静かに頷いていたアンドレスが憤然と答えた。

私が二度驚いたことは言うまでもなかったが、見ると間違いなく、そして迷いなく、彼の質問用紙には大きく英語でPeaceと書かれていたのである。

「僕の国も治安が悪いからね」とアンドレスは驚いている私に向かって真面目に説明してくれた。そして、

「セイコの夢は？」

二人の清らかな目が、今度は私の質問用紙に注がれたのだった。

もちろん、私は質問用紙に「英語を上達させて良い仕事に就くこと」と書いていた。夢といえば「職業」のことだと思ったのだ。だけどこれは、二人の「世界平和」という崇高な夢の後には、なんと自己中心的な回答に思えることだろう……。

私は気が付くと、

「日本は治安は悪くないけれど、地震なんかの自然災害が多いからそういうのが減って欲しいというのが私の夢かな」

と、ぺらぺらと喋っていた。原発のことまで気前よく喋っていた。そして喋りながら、「コロンビア人だし話が長いから、どうせちゃらんぽらんで適当な男だろう」とアンドレスのことを決めつけていたことを、密かに、そしてものすごく、反省したのだった。

センチメンタル・サマー

マディソンの冬は厳しく長い。だから誰もがマディソンの冬を呪う言葉を口にする。寒いし暗いし何もする気が起きない。

日照時間の問題が精神に及ぼす影響が大きいので、マディソンでは太陽と同じ光を出す特別なランプを無料で手に入れることが出来る。語学学校のトム先生は、海外生活を終えて戻ってきたある年の冬、マディソンの冬と海外生活のギャップから精神を病み、そのランプの光を一日に数時間浴びていたことがあったという。

「雪を見て喜ぶのは最初の数日だけだ」とトム先生はよく言っていた。「その後何が起こるか、僕は知ってるからね」と。

だけど、今年は異例の暖冬だったせいか、私にとってマディソンの冬というのは、誰からも呪われるというほどひどいものではなかった。何日かマイナス二十度の世界を経験したこともあったけれど、湖が凍れば、人々はその上でスケートをし、ホッケーをし、ホットチョコレートを飲む。道行く除雪機は雪が降ればすぐに作動し、かつ彼らの仕事ぶりは白眉だった。雪はパウダースノーで、どこまでもマディソンの街を美しく白く染め上げていた、というのが私の印象だ。

だから、私はどちらかというとマディソンの夏が長いということに驚いていた。というのも四月半ばのここ一週間で、マディソンは冬から夏へ、一気に季節の駒を進めてしまったからである。

それは気温が二十度を超えたある金曜日のことだった。示し合わせたかのように、街中があっという間に夏色に変わった。先週まで雪がちらつきダウンコートを着ていた人たちが、今日は短パンにタンクトップ姿で歩いている。州会議事堂の周りでは野外コンサートが始まり、カフェというカフェのオープンテラスが解禁となり、人でごった返している。まだ少し肌寒いのもお構いなしに年頃の女の子たちは丈の短いワンピースにサンダル姿でアイスクリームを食べているし、道ではバイオリン弾きが陽気にバイオリンを奏で、ファーマーズマーケットのテントが芝生のあちこちに姿を現している。

ジム先生だって、私が地下で勉強をしていると、「セイコ！　こんないい天気に、こんなところで何をしているんだ？」と聞いてくるし、他の授業では「いい天気だから外に出ましょう」と先生が発案し、困惑気味のアジア人たちをよそに屋外でリーディングの筆記試験が実施されたそうだ。カンバセーションパートナーの一人であるミカエラも、この日はカラフルなチューブトップのワンピースで現れて夏の到来を言祝いでいた。去年は十月になってもキャシー先生は「まだ夏でしょう」と生徒を叱咤激励していたので、ともすると、マディソンの夏というのは、「雪が降る季節以外のすべて」ということになるのではないだろうか……。

週末の土曜日もまた、道という道に夏めいた人々が楽しそうに家族や友人、恋人同士の時間を過ごすべく、マディソンのメインストリートをそぞろ歩いていた。

私はというと、次の週から上海に帰るというスカイラーとジャクソンに久しぶりに再会し、三人でその華やぐ群れをかき分け日本料理店まで歩いていた。

「アジア人にはこの日差しはキツイわ」

と、スカイラーが不満そうに言った。「もう今から夏だなんて信じられない」というのが、我々の一致した意見だったが、夏が好きだと言うジャクソンは嬉しそうだった。

相変わらず、スカイラーとジャクソンとの会話は面白く、ジャクソンは「帝王切開という日本語の言葉が面白い」と言ってケラケラと笑った。「日本語の手紙ってletterのことだと思うんだけど、中国ではトイレットペーパーのことなのよ」とスカイラーが教えてくれるので、きっと昔トイレットペーパーを中国人から渡された日本人が、「手紙」だと勘違いしたんじゃないか、と私が言うと、二人はすごく喜んでくれた。

ジャクソンはしばらく会わないうちに、日本のドラマのせいで英語ではなく日本語がだいぶ上達していた。「〝オタク〟って言葉は、日本から中国へ輸入されてるわよ。ジャクソンは〝オタク〟なのよ」とスカイラーはジャクソンをからかっている。

だけど夏が到来したようなこの日は、私にとっては少しセンチメンタルな日になった。というのも、レストランの席に着くやいなや、私はそんな日本大好きな上海人二人から中国製の扇子をプレゼントされたのである。

餞別といったところだろうか。日本の扇子の二倍以上はある大きな中国の扇子はとても美しく、二人からの思いがけない贈り物だった。もちろん二人はまた今年の八月にホワイトウォーターというマディソンから一時間ほどの田舎に戻ってくる。そこのカレッジに進学するのだ。だから永遠の別れというわけではなくしばらくのお別れということなのだが、歳の離れた友人たちからの気持ちに、私はなんだかほろりとなったのだった。

「セイコのバス停はどこ？」

二人との楽しい夕食を終え、まだまだ日の落ちない明るいマディソンの街を歩きながらスカイラーが私に尋ねた。

私は一瞬答えに窮した。実は、私の乗るバスの停留所はだいぶ前に通り過ぎていたのだが、二人と離れがたかったので反対側にある二人のバス停までいつまでもついてきてしまっていたのである。

「二人と話をしていたくてここまで来てしまった」

私がそう白状すると、ジャクソンが笑いながら、「じゃあ今度はセイコのバス停まで僕たちが送るよ」と言い、三人でまたもと来た道を引き返すことになった。

相変わらずオープンテラスはたくさんの家族や恋人たちで賑わっていた。これは、去年の夏、私がマディソンに来た頃に見た景色そのものだった。

何の前触れもなくマディソンが夏色に変わったせいで、私は心の準備が出来ぬままいやおうなしに「時間の流れ」を感じずにはいられなかった。夏が始まったということは、私にとってこれからがマディソンで過ごす最後の夏の始まりなのだということを意味していたからである。

スカイラーとジャクソンと語学学校での楽しい思い出話に花を咲かせながら、私たちはメインストリートを抜けた。足元を涼しい風が吹き抜けていく……。そんな優しい風を感じながら、私はいつまでもこうやって、三人でバス停に向かって歩いていたいものだと、願ったのだった。

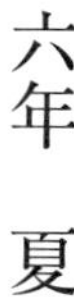

二〇一六年　夏

やっぱり魅惑のアラブ人

「アハメはサウジアラビアに帰るわよ」

カフェでばったりサウジアラビア人のダラルに会った際、彼女はそう教えてくれた。

「来月ラマダーンがあるから、アハメは国へ一時帰国するのよ。ラマダーンは大切なイベントだし、最終日には親族中が集まってパーティをする素晴らしいお祭りなのよ。もちろんアメリカでお祝いすることも出来るけど、アハメはどうしても家族と過ごしたいから帰国するのよ」

スマートフォンでラマダーンの日にちを確認しながらそう言うと、「私も帰りたかったわ。皆が集まって本当に楽しいのよ」とダラルはため息をついた。そして、ラマダーン中には絶対に何でもいいから夜明け前に何か食べた方がいい、とラマダーンを快適に過ごすコツを私に伝授してくれた。

アハメといえば、私が語学学校に来て以来の長い付き合いで、彼自身もかれこれ一年以上同じ語学学校に通うサウジアラビア人の十九歳の男の子である。

私はF2というビザの関係でフルタイムの授業数を受けられないという点と、二年アメリカにいるという事情から、語学学校では授業を少なく取って少しずつ上のクラスに進んでいたのだが、F1のビザであるフルタイムのアハメは単純に何度も同じクラスを落第していた。だから最初のセッションが終わった後も、他の留学生たちが順調に上のクラスに進む中、同じクラスを何度もリピート中のアハメとだけは何度か同じ時期に同じクラスになることがあった。

アハメはいつ会ってもクラス一出来が悪く、いつも授業の腰を折っては笑いを取っていたが、その実クラスのムードメーカーだった。もちろん私もアハメが大好きなので、よくダラルとアハメの話をしては笑っていたのである。

最近も、私はダラルやアハメなど、サウジアラビア人のことを考えることがよくあった。というのも、私が今期取ることになった七〇〇のレベルのクラスで、アラブ人についても学ぶことがあったからである。

例えば、ある日の授業では、アラブ人のパートナーシップの特異さが取り扱われたのだが、教科書によると、アラブ人たちの交友関係のステレオタイプと言えば『瞬時に形成され、可能な限りポジティブな返答をエチケットとし、プライバシーという言葉はない』というのが特徴なのだという。だから、アラブ人というのは出会って間もない人でもすべて「友達」になり、出会ったその日に家に招待するということはもちろん、彼らの家族構成のすべてが開示されるのが当たり前で、もっと言うと彼らは「友人の父母」だけでなく、その従兄弟や祖父母のフルネーム、職業まで熟知していることがあるのである。

授業でこのことを習った日、私はアハメが出会ってすぐ、自分の家族の写真をすべて私に見せてくれて、ダイヤモンドと金の会社を経営していると教えてくれたことを思い出した。また、私の両親が日本からマディソンに遊びに来ていた際には、「ご両親がこの週末に映画を観たがったら、僕が案内するから連絡して！」とアハメから提案を受けたりしたことも思い出したのである。なぜアハメが私の両親と映画を観る提案をするのだろうと、私は軽くカルチャーショックを受けたが、それはサウジアラビアに映画館がないということに加えて、アハメが『友人の証として、その時に自分の能力で出来る最大の好意を相手に示す』文化を生きてきたのだということに、私は今になって答え合わせのように思い至ったのである。

ダラルとアハメの噂話をカフェでしたその帰り道、私はまさに学校の前の道で正面からモロッコ人と連れだってご機嫌に歩いてくるアハメに出くわした。陽気に手を振るアハメ。

「サウジアラビアに帰るんでしょう?」と私が聞くと、アハメは「来週から帰るよ」と嬉しそうに顔をほころばせた。

「また戻ってくるんでしょう?」

私が聞くと、「もちろん!」とアハメは答える。

「こっちにずっといる?」

「分からないけどたぶん!」とアハメは笑う。

「ずっと語学学校にいる?」

「分からないけど……たぶんずっといるよ!」

アハメは笑顔で答える。

『アラブ人というのは友人に対して〝可能かどうかは別として〟ネガティブな返事は

しない人たちである』そう教科書に書いてあった。きっとアハメはラマダーンが終わったらまた語学学校に戻ってくるだろう。だけど、その後も語学学校に「ずっといる」ことはないはずだ。

リーディングの教科書で習ったアラブ人の習性をアハメでなぞりながら、全く、アラブ人というのはやっぱり面白いなあ、と私はつくづく思ったのである。

最終兵器ネイサン

一年近く語学学校に通っていて私が思うのは、授業の中で生徒が「間違える」ということが極めて少ないという点だった。それがアメリカ特有の教育方針なのか、それともこの語学学校に限定してのことなのか分からないけれど、私がマディソンで出会った先生たちが、生徒の答えを否定することはほとんどなかったように思う。

どんな答えに対しても、先生たちはいったんその答えに「イエス」という返事をしてから少しずつ修正を加えて答えを導いたり、もしくはその答えに新たな発見を加えたりという形で繊細に生徒を指導した。

もちろん、課題の記事に対するディスカッションのようなものの場合、「答え」は一つではない。だから、先生たちは生徒たち一人ひとりが「独自に考える」ということを大切にしているし、一人ひとりの答えは違っていて当たり前だと生徒たちに教えるのである。

今期、私が取った七〇〇のレベルのリーディングライティングというクラスは、特にそういう方針の強い極めて不思議なクラスだった。七〇〇のリーディングライティングというと、私の通う語学学校の最終レベルである。一年前に四〇〇のレベルからスタートした私はついにこの最終レベルにたどり着いたわけだが、このクラスは他のクラスとは違って単語テストも中間テストも存在しなかった。その代わり、英語を学ぶというよりもむしろ英語をツールとしてクリティカルな考え方やモノの見方を切り開く力を身に付けさせることを第一目的としているような、今まで私が受けてきたどの授業とも全く違うクラスだったのである。

さらにこの最終レベルを十年以上にわたり教えているネイサンは、アメリカンタフガイなロールプレイングゲームでいうところのラスボスで、彼自身はハーバード大学の教育学部を卒業しているという超インテリの素晴らしい先生だった。

だけどこのラスボスであるネイサンには、死ぬほど宿題を出すというもう一つの顔があった。週五日あるこの厳しいクラスで、ネイサンは来る日も来る日も、私たちにこれでもかというほど大量の宿題を課したので、ネイサンの授業が始まってからというもの、私にとって週末は恐怖でしかなかった。私たちにとって、週末は「二日間の休み」ではなく、「二日間かかる宿題を課せられる日」となったからだ。そして月曜日、上機嫌で教室に現れてネイサンは私たちに聞くのだった。

「週末は楽しかった？　みんな何してたの？」

もちろん私たちの答えは「ホームワーク」である。

だからネイサンのクラスは、やる気のない生徒は一週間も経たずに脱落してしまう。韓国人のアイリーンは授業開始早々にドロップアウトして二度と七〇〇のクラスの扉を開けることはなかったし、中国人のジェイソンは四度このクラスをリピートした殿堂入りの男だ。TOEFLに並ぶ英語検定IELTSで七という高スコアを誇る天才モハメドも、授業開始一週間でクラスに姿を現さなくなったし、上海人のジャクソンはスカイラーに支えられながらやっとのことでパスしたが、「とにかく難しい単語はたくさん習ったが、大変だったこと以外何も覚えていない」と私に語ってくれた。

つまり、このクラスはやる気のある生徒だけが必死でしがみつく、最後の難所だったのである。

私は、日々の記憶がなくなるほど毎日この授業の宿題に追われていたが、気が付くと十人ほどいたクラスメイトは、最終的に六人だけがレギュラーメンバーとなっていて、そんな六人で私たちは毎日記事を読み、作文を書き、エッセイを書き、プレゼンテーションをし、小説を読み、ディスカッションをした。ある時はカルチャーショックについて、ある時はジェンダーロールについて、ある時はアメリカの価値観、ある時はボードゲームを通じて世にはびこる階級制度について学んだ。

白状すると、二か月にわたるこの厳しい授業は面白い反面、私はまたもやすっかりボロボロになっていた。誰もが疲れ切っていたけれど、余裕のない私は、毎日の宿題の他にはほとんど何も手につかなかった。朝、授業に出る前に泣き、授業が終わってから泣いた日もあった。朝ご飯も昼ご飯も夜ご飯も白井君が作ってくれた。私はただ日々の宿題をこなすだけの人間だった。

だけど、この先私の人生でこれほど英語を勉強するということがあるだろうか?

気が付くと、私はこのクラスでいろいろなことを学んでいた。やらなければいけない課題はとてつもなく多かったけれど、ネイサンが私たちに投げかける課題には「物事を多角的に見て欲しい」という力強いメッセージがたくみに埋め込まれており、私たちは時間をかけてそれを学ぶように仕組まれていたようにも思うのである。

そしてセッションも終わりに近づいた日、ネイサンは授業をドロップアウトすることなくここまで生き抜いてきた私たち六人の猛者に最終課題のエッセイを課すべく、映画『いまを生きる』のワンシーンを引用してこう言った。

「誰も同じではないということは、もう君たちは学んでいるはずだ。一人ひとりが違う価値観のもとに立っている。だから、君たちは君たち自身として、自信を持って歩いて欲しい。自信を持って最後のエッセイを書いて欲しい……」

私がこのネイサンの授業で学んだことは英語の技術だけではなかった。それはむしろ「語学学校」の領域を超えた何物にも代えがたい価値のある経験だったのである。授業のディスカッションでネイサンは決して生徒に「正解」を求めなかった。ただ、考えようとする生徒を激励し、母語ではない言葉で書き、考え、学ぶということの困難と素晴らしさをしっかりと教えてくれたのである。

辛かったネイサンのクラスの最終日を終え、心地よい解放感とともに友人たちと夕食を済ませた私は、この夜、道のあちこちで夕闇に飛び交う蛍を見た。少し前から蛍は出始めていたのだが、最終日になってやっと私は落ち着いて蛍の光を見ることが出来たのである。

いつの間にかマディソンは蛍の飛び交う世界で一番美しい季節になっていて、私にとって二度目の夏が本格的に始まろうとしていたのだった。

マディソンは大きな街ではない。人によっては退屈だという。だけどここには蛍が舞う美しい夏の夜がある。リスが走る。美しい州会議事堂と美しい大学のキャンパス群がある。そして、ダウンタウンにある素晴らしい語学学校で、ネイサンのとびきりタフな授業を受けることが出来るのである。

二〇一六年　夏　パリ編

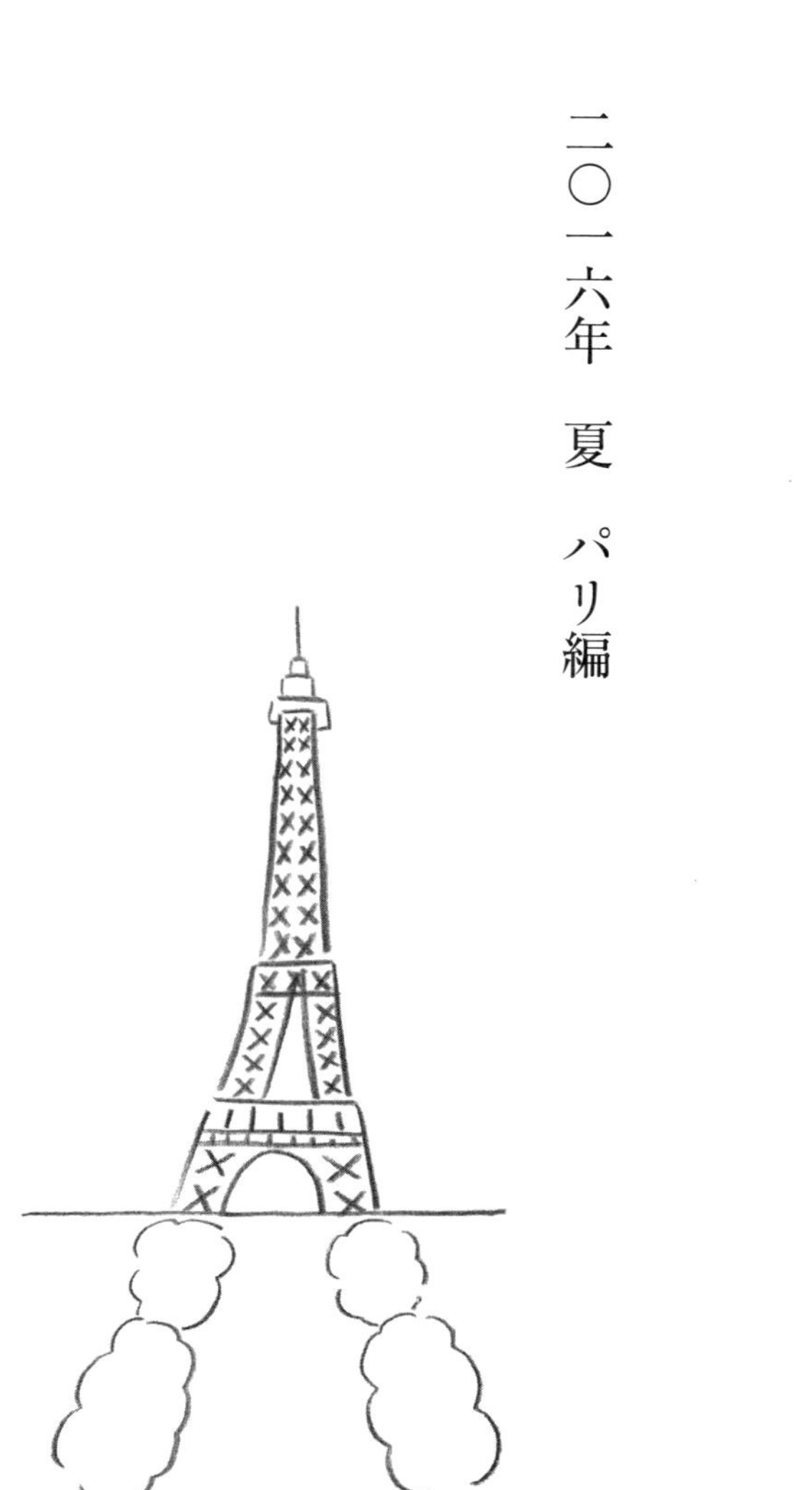

パリに来ている。白井君の仕事の都合で七月の頭から二か月間、アメリカはウィスコンシン州マディソンを離れ、私はフランスのパリに滞在することになった。パリは英語で「ピィアリス」と発音するそうだ。

マディソン－パリ

知っていたことだがパリジャンはオシャレである。思い返せば、マディソンではすれ違う人のおよそ五割強が〝ウィスコンシン州産〟のTシャツを着ていると言っても過言ではなかった。

マディソンには〝バジャーズ〟というウィスコンシン大学の有名なアメフトのチームがあり、アナグマの〝バッキー君〟というご当地キャラクターが存在している。そしてそのご当地グッズのショップがマディソンのメインストリートにはいくつも存在するのだが、道行く人々は老若男女問わず、誰か一人は必ずバジャーズのトレーナーやTシャツを着て意気揚々と闊歩していた。そしてこれがアメフトのハイシーズンともなれば、試合のある日はその着用率が五割から八割ほどに跳ね上がるのである。トレードマークの怒り顔のアナグマ・バッキー君がプリントされたTシャツ、あるいはマディソンやウィスコンシン州のマークが施された真っ赤なトレーナーを着た嬉しそうな人々が街中に溢れかえるので、赤い服を着ていないのはアジア人か変わり者くらいなものである。

語学学校では、ジム先生だって普段からバッキー君を着て教鞭を執っているし、感化されやすいティーンたちの何人かも渡米してすぐに購入したであろうウィスコンシンTシャツを着て授業を受けていたりする。もちろん、私だってバッキー君の靴下とバジャーズの毛布を愛用していたし、マディソンに住んでいるとバッキー君を身に着けることは、何ということはない「普通のこと」に思えたのである。

だけど、そんなバジャーズの世界から花の都パリへ来てしまうと、私たち夫婦は嫌でもその違いを目の当たりにしないわけにはいかなかった。美しい街並み、美しいパリジャンたち……パリのスタイルは、私たちが知っているアメリカのマディソンのスタイルとは百八十度違っていた。

私はすぐに週末、アニエスベーで服を購入し、シャンゼリゼ通りで鞄を、白井君は革靴とベルトとシャツを購入した。マディソンでは一度も着ることのなかった類の少し気取った服や鞄をパリで持つことに抵抗がなかったし、逆にマディソンで着ていたカジュアルな服やバックパックは、パリで使えるとは到底思えなかったのである。

私たちはすっかりパリの洗練された空気に魅了され、着いて早々嬉々としてその空気に染まろうとし、時にあれほど愛していたバッキーTシャツに疑問を投げかけては、「そもそもアメリカというのはどうしてああも大ざっぱでコーラとバーガーしかないのか?」などと発言するようにもなっていたのだった。

そんな風に一週間で人が変わったようにパリに感化されていた頃のことである。二人でパリ市内を散策し、メトロのエスカレーターに乗っていた時のことだった。歩き疲れた私は、前に立っていた白井君に寄りかかるようにしてエスカレーターに立って前を向いていた。一日中歩き回って疲れていたので、早くアパートに帰って休みたいと思い、軽く目をつぶっていたのだが、その時急に背後で嫌な気配を感じたのである。

振り返ると、今まさに、私のショルダーバッグの外側のファスナーがぱっくりと開けられ、見たこともない白人の女の子の小さな顔がその中を覗き込んでいるところだった。少女は、その白く美しい手を私の鞄の中に入れようとしていた。

いつの間にこんなにぴったりと背後にくっついていたのだろうか？　私は咄嗟にその外ポケットには携帯電話を二台入れているだけだったということを頭の中で思い起こし、しかもまだその携帯電話がポケットの中に収まっていることを目で確認しながら、急いで鞄を少女から引きはがした。見ると少女の後ろに、その少女よりは少し背丈の高い別の少女が、これまたぴったりと下から掏摸の現場を見られないようにカモフラージュのようにして立っているのも目に入った。

すっかり混乱しながらとりあえず私が急いでファスナーを閉めると、少女たちは悪びれもせず、「あーあ」と悔しそうな顔をしてエスカレーターを降り、階段を逆方向へ駆けていってしまったのである。背の高い方の少女は iPhone でもいいから盗めば良かったのにといった雰囲気で背の低い女の子をなじるように睨んでいた。

また違う日、私は二人の若い男たちがアジア人女性の荷物を持つふりをして近づく姿をメトロで目にした。胡散臭い気がしたが、思った通り、すぐに通りかかったフランス人の男性が大声でアジア人の女性に向かって「アタンション！」と警告をしている姿を見た。

　フランス人の男性が厳しい口調で叫ぶと、二人はすぐに蜘蛛の子を散らすようにして気まずそうにどこかに消えていったが、彼らの図星の顔を見れば、二人がただの親切心で女性の荷物を運ぶのを手伝っていたわけではないのは誰の目にも明らかだった。

「斜め掛けのこういうショルダーを買った方がいいですよ」

　パリに到着した直後、パキスタン人のマンションのオーナーが私たちにアドバイスしてくれた言葉が思い出された。

「掏摸がいますから」

　そう言って若いオーナーは胸の位置に来るように一番短く調整されたショルダーバッグを私たちに示したが、私はそのショルダーバッグはパリジャンにしては少しダサくないだろうか、などと悠長なことを考えていたものだった。

　恐ろしいパリ！　そしてオシャレなパリ。考えてみたら、マディソンの人々は少しダサかったけれど、そんなセカンドバッグを大事そうに抱えている人はいなかった。

同じ海外とはいえ、ここは私たちが一年間過ごした平和で美しいマディソンとは全く違っていたのである。ここにはスタイリッシュで洗練された人々がいる代わりに、何の見返りもなしに親切にバス代をおごってくれるバスの運転手、ピザを一枚おまけしてくれる店員、カフェで隣に座っている人に自分の荷物を見ていてくれと無邪気に頼む人たちは到底いなそうだった。代わりに乳飲み子を抱えて一家で物乞いをする難民、むき出しの拳銃に手をかけて警護する警察隊、観光客を狙った掏摸が当たり前のように暗躍する、そんな世界でもあったのである。

ニッポン症候群

「パリ症候群」という疾患がある。これは、メディアなどで取り上げられるパリや異国での華やかな暮らしに憧れた外国人が、実際にその地で暮らし始めると理想と現実のギャップに苦しむという適応障害の一種のことである。

確かにパリに限らず、「理想とする海外生活」にうまく順応出来ない苦しさというのは誰にでもあることである。実際、全米で最も住みやすい街として名高いマディソンですら、「思っていたような場所ではなかった」「日本に帰りたい」と日本人留学生が漏らしているのを聞いたことがあるのだから、華やかな「パリ」という街が持つイメージとのギャップが精神に及ぼす影響は計り知れない。その上、パリジャンは世界一冷たい人種として有名である。十年前、パリに旅行で訪れた際にも、モンサンミッシェルを案内してくれた日本人のガイドさんが「パリはパリジャンさえいなければ素晴らしい」と臆面もなく語ってくれたことがあった。パリはオシャレで美しくて美味しいけれど、必ずしもそればかりではないのだから、期待と失望のスパイラルというのは起こり得ることなのかもしれない。

事実、私もパリに着いてすぐに掏摸に遭遇し、オシャレなパリの生活が夢物語であるという鮮烈な洗礼を受けた。他にもピカソ美術館に行く途中、日本に知り合いがいると言って親しげに声をかけてきたフランス人がいたが、彼はチケット売り場まで来ると、チケットを買ってきてあげるからお金を出せと言ってきて、なんとも怪しげなものだった（断るとどこかに行ってしまった）。

パリから一時間半ほど離れた郊外のプロヴァンに日帰りで遊びに行ったら、「テロで爆弾が仕掛けられた疑いがある」と帰りの駅が封鎖されていたこともあったし、南仏に遊びに行こうと計画していたらニースで無差別テロが起きた。パリ祭の時、エッフェル塔の見物に行ったら、シートを踏んだだけですごく怒られたこともあった。おまけに、パリはどこもかしこも全く冷房がきいていないし、道端はウンコとたばこの吸い殻にまみれていた。そんな風にして、なんとなく「華やかなパリ生活」へのプチ失恋をいくつも経験していると、手放しでアメリカやパリでの「海外暮らし」を礼賛することは危険なのだと実感するのである。

だけど先日、白井君とパリで人気のラーメン屋さんに足を運んだ時、パリ症候群とはまた違う、ちょっとした不思議な気持ちを味わうことがあった。

それは日本人が経営しているラーメン店でのことだった。店内は広々として明るく、気持ちの良いお店だった。私は日本食を食べることが出来るのが久しぶりなのとお腹が空いていたのとで、テンション高くカレーやかつ丼、定食などのサイドメニューに見入っていたのだが、その時ふと、この店がどこかいつもと雰囲気の違うことに気付いて顔を上げた。

見ると、店内をあわただしく立ち回る従業員たちは誰一人として私語をしておらず、きびきびと接客に邁進している。彼らは常に店内に目を光らせ、どんな合図も見過ごさないように待機し、空いたテーブルは瞬時に磨き、一つとして無駄な所作がない。注文をすれば「少々お待ちくださいませ」と日本語で一礼して去っていくし、私がぼんやり空を眺めていると、「もしかしてまだ注文を聞いていなかったでしょうか？」と違う店員が飛んでくることさえあり、しまいには、店員が足元に落とした伝票を白井君が拾おうとした途端、「私が拾いますのでそのままで！」と叫びながら店員が駆け寄ってきたのである。

一年以上海外で暮らし、海外の接客に慣れていた私たちはメニューよりも何よりも、すっかりその対応に感動し、言葉を失って顔を見合わせたものだった。もちろん、こんな接客は日本にいたら日常茶飯事なのかもしれない。だけど、長いこと日本に帰国していない私たちにとって、このきびきびと動く従業員の勤務態度は日常茶飯事ではなかった。なぜならアメリカやフランスでは、客は決して「お客様」ではなかったからである。アメリカの日本人街の日本食のレストランでさえ「お客様」という日本的な概念は失われていたので、私たちはすっかり日本のこうした「素晴らしき接客」というものを忘れていたのだった。

なんと日本の接客のクオリティの高いこと！　語学学校のネイサンは、ロシア人の無愛想な接客はアメリカ人にとっては不快に感じることがあるのだと、カルチャーショックについてクラスでビデオを見せてくれたことがあったけれど、日本人の私からすると、アメリカ人の適当な接客だって全くなっていなかった。でもその一方で、そうした日本的な接客というものは、もともとアメリカに「ない」ものなのだから、「あるべき」と主張する方がおかしいとも私は思っていた。だから、そうやって体内時計を合わせるかのように、海外の「接客」というものにこの一年間慣れ親しんできた私たちにとって、この日、このラーメン店で出合った「日本の接客」というものは、思いがけず懐かしさと感動を運んできたのだった。

日本では当たり前のように感じている、「お客様」というポジションが、これほど心地よいランチの時間を提供してくれるものだったということに驚きながら、私は勝手にこの感動を、「パリ症候群」ならぬ「ニッポン症候群」と名付けた。

それは、「遠い異国で思いがけず祖国の美しい精神性に出合い、胸がいっぱいになる」という精神状態のことである。

フランス的個性の効能

パリに来て、一年ぶりに日本人の美容師さんに髪の毛を切ってもらうことが出来た。ヘアカットの問題は、海外で暮らす日本人にとっては大きな悩みの一つではないかと思う。一年前に渡米してからこれまで、私は二度、現地の美容院を恐る恐る訪れたことがあったけれど、どちらも日本の美容院に比べたらすこぶる期待外れだったからだ。

マディソンで行った一つ目の美容院では、途中からいきなり「スタンドアップ!」の号令がかかり、鏡の前で立たされたままカットされるという驚きの展開を見せたし、二つ目の美容院では、シャンプー台は痛い上に、まだぽたぽたと髪の毛から水が滴る中、断髪が始まる始末だった。

「日本の美容院の技術は世界一ですよ」

パリで紹介してもらった日本人の美容師さんにその話をすると、彼は笑いながらそう言った。「フランス人にとっても、日本人の美容師がわざわざフランスまでカットを学びに来るのが不思議らしいですよ」

個人宅で口コミだけで美容師をしている通称「ダッツさん」は、日本式の素晴らしいシャンプーを施しながらそう教えてくれた。渡欧五年、パリコレなども経験し、最終的に個人でひっそりとサロンを開いている彼は「でも僕は日本でやるよりは、パリで切る方が性に合ってて好きなんですよね」と語った。ダッツさんにとって、海外で切ることの醍醐味は、「フランス人の個性」に触れることなのだそうだ。彼らはいつも「自分をよく知っている」とダッツさんは語る。フランス人は自分に一番似合うものを知っているから、流行に流されない。確固とした自己を持っていて、それをちゃんと主張するすべを知っているのだそうだ。

ダッツさんの話を聞きながら、私は「そういえば」と思い当たる。

フランスでは買い物をする時、私が迷っていると店員がとにかく「こっちがいい」ときっぱりと主張することが多かったのである。アメリカだと、たいていこちらが迷っていると、適当なことを言われた後放っておかれるのが関の山だが、フランスでは「あなたは絶対にこっちがいいわよ」と気持ちがいいほど押し切られることが多かった。ほとんど命令口調だが、だけど不思議とそのアドバイスは正しかったりしたのである。

また、一度はパン屋さんでクロワッサンを二つ購入しようとしたマダムが、ケースから取り出す店員に「違う、それじゃない。奥から三つ目のその隣のクロワッサンを取って」と細かく指示しているのを聞いたこともあった。私には、そのケースに入っているどのクロワッサンも同じ色と形にしか見えなかったので（おそらく味も一緒だと思えた）、その時もフランス人のこだわりの奥深さに驚嘆したものである。彼女の目には、ショーケースに並んでいるクロワッサンの一つ一つが違うものに映り、個性があったのだろう。

だから、街ですれ違うフランス人の行動にもどこかしら「確固たるもの」があるように私にも思えたのである。街を歩いていると知らない人同士が、まるで知り合いであるかのように堂々と自分の意見を言い合ったり、言葉をかけ合っている瞬間を見ることがあったからだ。

今日も、ダッツさんのサロンに行く途中のメトロでちょっとした事件があった。実は、私の乗っていたメトロに、少しあぶない感じの男性が、何か怒鳴りながら乗車してきたのである。彼は私が座っている座席とは反対方向へ歩いていき、そこに座っていた小学三年生くらいの白人の男の子に向かってなにやらまくし立てたのである。小学生の男の子からしたら知らないおじさんである。隣には若くて美しい男の子の母親が座っていた。と、次の瞬間、男性はいきなり男の子の頬をパチンと軽くはたいたのだった。

私は突然の暴力に恐怖で身がすくんだ。

見ると、男の子も顔をこわばらせていたが、母親は何も聞こえていないふりを決め込み、男の子に何やら毅然とした態度を取るように話しかけていた。しかし男はなおも男の子に向かって何か話しかけようと試みている。その時である。見かねて後ろから中年のおじさんが立ち上がったのである。フランス語なので何を話しているのか分からなかったが、彼はその男の正面に滑り込むと、男の子を守るように立ち、誰もが注目しているのもお構いなしに男性に向かって長いこと怒鳴り返した。それを皮切りに、後ろから男を責め立てる女性の声も聞こえてきた。まるで絡まれた母子を守る正義のヒーロー劇である。

こんな正義のヒーロー劇は日本でも起こり得ることだろうか？

もしかするとあり得ることなのかもしれない。だけど私は、こういう公の場所で自分がふと「こうした方がいいのではないか？」と思ったことを、ストレートに信じてふるまうということの難しさについて考えてしまったのである。

お客様に「こっちの色の方が似合っていますよ」と強く勧めることも、誰にも理解されないかもしれないけど「このクロワッサンがクロワッサンの中で一番美味しそう」と店員に主張することも、あるいは「子供を守らないといけない」という当たり前のことを行動に移すことも、すべてが私にはとてもじゃないけれど出来るものではなく、恥ずかしさや自己防衛に駆られて表には現れない感情の一種に思えたのである。だから、こんな風に迷うことなく自分の信じた意見を知らない人にさえ言ってみせるということが、私には「自分」という哲学を持っているフランス人の、フランス文化の、ある種の諸刃の剣のような、何物にも代えがたい美徳に感じられたのだった。

二〇一六年　秋

明白な未来を描く若者たち

二か月のパリでの刺激的な生活が終わり、またマディソンでの暮らしが始まった。毎日語学学校の授業を受け、火曜日と木曜日の午後はウィスコンシン大学の映画学の新しい授業を聴講し、さらに火曜日の夕方からは映画学の授業の映画上映に参加し、週末はフリーの映画鑑賞に出向くという相変わらずの生活が再び戻ってきたのである。

私は今月で妊娠七か月になるので、前と全く同じ生活とは言えないけれど、それでも参加出来るアクティビティには出来る限り参加し、やれるだけの予定を詰めて、毎日たくさんの荷物を背負って朝からバスでダウンタウンに向かっていた。

そんな中、以前からカンバセーションパートナーだったロマン・パラヴァノフ青年と私は二か月ぶりに再会した。これまで三人ほどカンバセーションパートナーという、ボランティアで英語を教えてくれるアメリカ人のパートナーを持っていたが、他の二人とは前のセメスターが終わる頃に契約（口約束）を終了していて、ロマン・パラヴァノフ青年が最後のカンバセーションパートナーだったのである。

ウィスコンシン大学で材料工学をメジャーとして専攻し、マイナーとして日本語を勉強していた真面目なロマン君と私は半年以上前に出会い、それ以来毎週水曜日の夕方に二時間ほど日本語と英語を織り交ぜて「カンバセーション」をしてきた仲である。ロマン君は、ハリー・ポッターのような可愛い顔をしているが、そのくせ「飛び級」するほど頭が良く、ちょっとした質問にも熱心に答えてくれる最高のパートナーで、一度は Thanks と Thank you の違いについて、ありとあらゆる実例を用いながら小一時間ほど説明してくれた奇特な青年だった。だけど、そんなロマン君は今週末から日本の九州大学への留学が決まっているので、彼とも今日でパートナー解消というわけである。

約束の日、いつものごとく少し時間に遅れて待ち合わせ場所に来たロマン君は、これまたいつものごとくとても忙しそうで、夏の間も日本語の強化授業を受講し死ぬほど漢字を覚え、父親の仕事を二十四時間手伝い、毎日とてつもなく忙しかったと優しげな顔で語ってくれた。私は私で、この夏は大変な英語のクラスを終えたけど、その後ひどいツワリに苦しみ、パリではそこら中の道で吐いていた、などと報告をしたりして談笑した。

連日のハードワークからとても疲れた様子のロマン君だったけれど、それでも目前に迫った留学をとても楽しみにしている彼はニコニコと嬉しそうで、今は忙しいけれど、日本の大学はアメリカの大学と比べてあまり勉強しないと聞いているから、これからの一年間はバケーションだと思っていると言ってまた笑った。

「きっと日本の大学では時間を持て余すだろうね」と私が言うと、ロマン君は「それでも楽しみだ」と言う。そして、一年後に留学を終えてマディソンに戻ってきたら、今度はその次の夏、東京の企業インターンシップに応募して日本に再び行くつもりで、自分のゴールは材料工学を活かせる日本の会社に就職し、半分は日本、半分はアメリカで働けるポジションに就くことだ、と熱く語った。「彼女？　彼女はコンピューターサイエンスを専攻していて、将来的にはコンピューターさえあれば自宅で出来るような仕事に就くから、そうしたら一緒に日本とアメリカを行ったり来たり出来ると思うんだ」

私は心の中で唸った。ロマン君の話を聞きながら、アメリカの若者が素晴らしいと感じるのはいつもこういうところだと思ったからである。語学学校に通うさまざまな国のティーンたちもそうだが、彼らは若いなりに、自分たちの明確なゴールをきちんと口にすることが出来るのである。

以前のカンバセーションパートナーだった女学生のミカエラも、将来的には語学の先生になりたいのだと言って、インターンシップで韓国へ渡っていったし、そのためのステップとしてボランティアで英語を熱心に教えてくれていた。また、大学院生でゲーマーのジョシュは、日本のゲーム会社で通訳の仕事に就くと言っていたし、語学学校で出会ったわがまま娘のコロンビア人のマリアはジャーナリストになることが自分の夢で、そのために英語習得が必要なのだと意気揚々と語っていた。クラス一出来の悪いサウジアラビア人のアハメでさえ「自分は将来医者になる」と言って、コミュニティカレッジでは苦手な数学の授業を自ら選択したと言うのである（もちろん、アハメが医者になると発表した時は、クラス中が「絶対病気になっちゃだめよ！」と大騒ぎだった）。

だけど彼らはたかだか二十歳やそこらである。そしてその一方で、私が語学学校で出会った日本人の留学生たちというのは、英語の出来不出来にかかわらず、驚くほど自分自身の将来についてうまく語ることが出来なかった。海外の学生たち（特にアメリカ人）が、明白な目標のために今を生きているのに対して、日本人の留学生たちは将来の話になると途端に歯切れが悪くなり、ぼんやりとしたことを言うか、「分からない」と答えることが多かったのである。

もちろん私だってそんな日本人の若者と同じだった。今期から受講しているライティングの授業で、担任のベス先生は生徒の一人ひとりに英語との向き合い方と、ゴールについて書かせた上で発表させた。生徒の目指すゴールに合わせて、何を重点的にやるべきか、授業方針を決めることにしているのである。

「ジャーナリズムを学びたいからＴＯＥＦＬのスコアを八十点以上取りたい」

中国人のエレンはそう言った。サウジアラビア人のダラルもＰｈ．Ｄ．を取る目標について語った。だけど、私はこうだった。

「英語を勉強するのが楽しいからこの授業を取りました。もちろんＴＯＥＦＬやＴＯＥＩＣで良いスコアを取って何か日本で仕事に就けたらいいですけど、いかんせん今妊娠中なので、なかなかテスト勉強は出来ないですが……」

ロマン君もミカエラもジョシュもマリアもアハメもエレンも、嬉々として将来を明白に見据え、それを語ることを恐れない。そしてそのゴールに向かって日々学んでいるのだが、私の未来は大昔から不明瞭のままのような気がしていた。

そんなことを考えていると、ロマン君との別れの時間になった。ロマン君は去りがたそうにしながら、「赤ちゃんが生まれたら写真を見せてね」と言ってくれた。私が「もちろん」と言うと、少し寂しそうにしながらも、彼はハリー・ポッターのような顔でにっこりと微笑んだのだった。

だけど、そんなロマン君の笑顔が私にはなんと眩しく映ったことだろう。それは、こちらに来てから何度も目にした、自分の足で目標に向かって歩き、饒舌に未来を語る海外のたくましい若者の姿だったのである。

妊娠にまつわるエトセトラ

「いったいどこに赤ちゃんがいるの？　七か月だなんて信じられない。ちょっと立ってみんなにお腹を見せなさい」

ベス先生が朝一の授業で、私を立たせた。

「本当に妊娠してるの？　鳥の子？　猫の子でも入ってるんじゃないの？」

みんな笑っている。

確かに妊娠中期も終わりだというのに、私のお腹はあまり目立たなかった。これでも妊娠前に比べて五キロ太ったのだが、それでも人からは「ベビーはどこにいるの？」とよく冗談を言われることがあった。

この語学学校には、私を含めて今、妊婦が三人いるのだが、私以外の二人はどちらもすでに臨月かと思うほど大きなお腹で学校に来ている。だけどその反面、私はバスに乗っても席を譲られることもなく、自分で「実はね、妊娠してるの！」と言わないと、誰からも相手にされないのが現状だった。

だから週三日の朝一で上級のグラマーを教えてくれているベス先生はいつも何かと私のお腹にイチャモンを付けてくるのだが、それでもいつも「ベビーは元気？」と言わない日はなかった。そしてしまいには私のお腹をまじまじと見つめて、「あんた胴が長いんじゃないの？」と言ってくるのだった。

それにしても、私から言わせるとアメリカ人は全員妊婦のようだった。自分が妊娠しているせいで、街を歩く妊婦がとても気になるようになったのだが、最初の頃は、道行く誰も彼もが妊婦に見えることがあった。七十歳くらいの白人のおばあちゃんでさえ、バスケットボール一個分ほど前に突き出たお腹を揺らして歩いているので、何度も振り返って「あの人は、妊婦なのだろうか？　妊婦じゃないのだろうか？」と首をひねったものだ（そんなことは妊娠する前は考えもしないことだった）。

語学学校のフロントデスクで働くタイ人のプンにそう言うと、「アジア人はやっぱりどうしてもそうなるのかもね」と言って共感してくれたのだが、その後、私がカフェラテを飲みながら歩いているところを目撃すると、「だからお腹が大きくならないのよ！」とすごい剣幕で怒った（ちょっと飲んだだけなのに）。そして「もっと食べろ、食べろ」と言った。プンの提案は「毎日牛乳とチョコレートブラウニーを食べること」だった。特にプンの牛乳信仰は厚く、夫のケビンは毎日牛乳とブラウニーを食べているから、大きくなったのだそうだ（ケビンはただの巨漢に見えなくもない）。

サウジアラビア人のダラルは、もちろんかいがいしくデーツを私のために持ってきては、「妊婦はだいたい三つは食べるのよ」と言って私の机にデーツを三つ置いて帰った。コロンビア人のフェリペはまだまだ若いティーンの男の子なので、妊娠が発覚してからというもの私に出くわすといつもモジモジして「とにかく、おめでとう……」と照れ臭そうに言うようになった。しかし、毎回毎回妙に堅苦しくそんなことを言ってモジモジするので、私がそのことを笑ったら「周りに妊娠してる人っていないんだ」と言い訳をした（ティーンだから当たり前な気もする）。そして「いや、今まで四人くらいは会ったことはあるけど……。とにかく気を付けて……」と逃げるようにしてどこかへ行ってしまった。

ジュディー先生は、私が皆に「もっと食べろ食べろ」と言われて落ち込んでいるのを見かけると、「病院の先生が大丈夫って言ったのなら、気にしなくていいのよ」と慰めてくれた。

「なんで皆がそう言うのか分かる？」

ジュディー先生が言う。

「それはね、……ジェラス（嫉妬）なのよ！」

ジュディー先生のこの慰めは思いがけなかった。先生に言わせると、誰もが細いことを実は妬ましく思っているのだそうだ。優しいジュディー先生……。でも実は彼女は歩行困難なほど太っていたので、私は咄嗟に返す言葉が見つからなかった。

そんな中、日本人の友人からは、よく「海外で出産することは不安ではない?」と聞かれることがあった。それから、「アメリカだったら無痛分娩になるのか?」ということもよく質問された。不安かどうかはさておき、私もアメリカなら無痛分娩以外選択の余地はないと思っていたのだが、アメリカ人と結婚している友人にその話をすると、彼女の旦那さんの妹が最近、カリフォルニアで自然分娩で子供を出産したのだと教えてくれた。義妹はもともと〝意識が高く〟、〝健康志向〟が強かったそうだが、今回の自然分娩について、義妹は〝最先端の医療〟だと語ったそうだ。

だけどそういえば、イギリスで結婚した私の友人もまた、ここ最近、自宅に簡易プールを作ってそこで無料で水中出産をしていた。私が「なぜそんなことを?」と驚いていると、十年以上もイギリスで暮らしている彼女は、「自宅出産も水中出産も割と最近は一般的よ。イギリスの出産事情はとても〝進歩〟しているからラッキーだったわ」と私に語ったのである。

世の出産事情に明るくない私は、病院の一室で自然分娩をしたり自宅で水中出産をすることが、〝進歩的〟で〝最先端〟なのだとすると、アマゾンの奥地で出産する先住民たちは、それこそ超・最先端の出産と言えるのではなかろうか、などと想像してしまうのだが、三か月後に出産を控えつつ、相も変わらず身軽に学校へ通う日々だったのである。

初めて銃を撃った日

「アメリカにいるのなら、鹿狩りをするのもいいよ。この時期、僕もよく行くんだ」と、タイ人のパニカのボーイフレンドのトニが言った。トニはアメリカ人だ。それを横で聞いていた同じくタイ人のプンの旦那さんでアメリカ人のケビンも、ビールを飲みながら「そうだ、アメリカと言えば銃だからね。なんなら一つ自分の銃を買ったらいいいよ」と冗談めかして私に言った。私が驚いていると、トニも笑いながら、「そうだ、買うといいよ。アメリカにいる間にしか出来ないんだから。簡単だよ」と言って、ガールフレンドのパニカにウィンクしながら、「君もやりたかったらいつでも教えてあげるよ。本当に」と甘く囁いた。

なるほど……と、私は思う。日本で銃を撃つ機会なんてそうそうないだろう。今まで深く考えたことはなかったけど、ここは銃社会だ。

その日のそんなちょっとした会話で「銃」というものになんとなく心惹かれた私は、さっそく次の日、毎年秋に家族で鹿狩りを楽しんでいるトム先生に「どこで鹿狩りが出来ますか？」と質問をしてみた。

トム先生は一瞬きょとんとしてみせ、おもむろに「まず最初に」と言った。「君は銃を持ってるの？」

私が首を横に振ると、「次に」とトム先生が続ける。

「鹿狩り用の特別なスーツを持ってる？」

「ノー」

と、私。

「それから鹿狩りのライセンスが必要。あと、鹿狩りの出来る公園を所有している知り合いを持つか、そういう公園を探さないといけない。幸い僕にはそういう知り合いがいるから毎年行くんだ。これらの条件をクリアしたら行けるよ」

そんなに条件があるなんてトニは言ってなかったぞ、と少しがっかりしていると、そんな私を見ながら「真面目な話」とトム先生は言った。

「鹿狩りほどつまんないものはないぜ」

というのも、鹿狩りというのは、明け方の寒い時間から出かけて何時間も「ただ鹿を待つだけ」だからだそうだ。その果てに、たった五分（と、トム先生は片手を大きく上にあげて言う）、獲物を仕留めるたった五分間のエキサイトする時間があるのだと言う。時に、獲物を追い込むための集中した時間もあるけれど、鹿狩りというのは基本的に長時間、無言でじっとしているという男のゲームなのだそうだ。「だから」と、トム先生は続ける。

「銃を撃ちたいだけなら、シューティングセンターに行けばいいよ」

というわけで私は週末、秋の気配を感じる行楽日和に、マディソンの家から車で一時間少し、マディソンとミルウォーキーの間に位置する〝マックミラースポーツセンター〟を朝から訪れる運びとなったのだった。

気持ちの良い晴天の日である。

シューティングセンターを目指す車の車窓からは、『あらいぐまラスカル』の舞台であるウィスコンシンらしく、美しい川や湿地帯、牧場やトウモロコシ畑というのどかな風景が次から次へと現れては消えていった。併せて、道の悪いガタガタの高速道路には、数メートルおきに車につぶされたリスの死骸も転がっており、時々狸や鹿といった大物の死骸が倒れているのも目にした。それらの流れていく数々の死骸を横目で見送りながら、私は鹿狩りなんて簡単にやりたいとトム先生に言ってはみたけれど、よく考えるとトム先生は仕留めた鹿を家に持って帰って食べるなりなんなりするのだろうなと思い至り、私には到底出来る業ではなかったと、鹿狩りそのものへの諦観を強くしたのである。

訪れた野外のシューティングセンターは大盛況だった。私たちのような初心者はほとんどおらず、集う人々はおのおの自慢の銃を持参しており、ちょっとしたゴルフの打ちっぱなしのような感覚で撃ちまくっているのである。

すでにそこら中で銃声が鳴り響いている。本物の銃声を聞くのも初めての私は最初、すっかり縮み上がってしまった。だけどここまで来たのだからと受付に行くと、銃を持参していないということで、センターから銃を借りて使い方をスタッフに簡単に教わることが出来た。銃を借りるにしても簡単なサインと運転免許証を預けるだけで事足りるのだから、改めて銃を持つことに対するハードルの低さに私たちは驚いた。

一番簡単な銃の使い方を十分ほどで解説してもらうと、そのまますぐに実践である。

「一番大切なポイントは何か分かる？」

とスタッフの人が私たちに質問をする。

「的をよく見ること？」と白井君が言うと、「違う」と彼は即座に首を振る。

「一番大切なのは、銃口を人に向けないことだ」

結論から言うと、シューティングは怖かったけれど、楽しかった。

五十発分の銃弾を買ったものの、私も白井君も二人で三十発撃てばもう満足で、残りの銃弾を持ってそそくさと引き上げたのだが、弾さえ購入し続ければ、何度でも撃ちっぱなしで遊ぶことが出来た。耳栓をして透明の眼鏡をして、的に向かって撃つだけのことである。すべてのブースがいかつい大人の男たちで占領されていて、それぞれが撃ちたい銃を撃ちたいスタイルで撃っていた。

私はブースに入って初めて撃った時、頬を殴られたような衝撃が走るのを感じた。

どーんという銃声とその重い衝撃、そして危険なものを持っているということへの恐怖がその瞬間にいっぺんに体の中に沸き起こり、体中にアドレナリンが駆け巡るのを感じた。

だけどその一方で、背徳感や危険なものへの密かな憧れ、あるいは闘争心のようなものが解放されたのも事実だった。だから私は初めて、銃というものの魔物性を知ったような気がしたし、また撃ちに来てもいいなという感想さえ持ったのである。

なんとも得がたい体験だった。

ダラルの恋

ずっと仲良くしていた台湾人のジエルが一年間の語学留学を終えて台湾にいよいよ帰国することになり、サウジアラビア人のダラルが、急遽私を誘って続けざまにディナーやお茶会を提案した。

友情を重んじるダラルは授業をサボってジエルのために時間を作るべく、遊びに行く前にそのことを丁寧にジム先生に断りに行ったのだが、「ジエルが最後だから授業には出られません」ときっぱり宣言するダラルに対し、ジム先生はぽかんとして「今日の成績はゼロになるけどいいの？」と聞いたそうだ。

ダラルは憤慨して「いいです！ジエルが最後なんだから！」と言い放って教室を出てきたのだと興奮気味に語ると、自分の車に私とジエルを乗せて意気揚々と、あらかじめ決めていたマディソンにある「台湾カフェ」（ジエルは台湾に帰るのに）へと私たちを連れ出したのだった。

学校で仲良しの二人とはいえ、外でゆっくりと話したことはなかったので、ダラルがサウジアラビアの大学の教授だということを、私はこうして彼女とじっくりお茶をするまで知らなかった。それにダラルがPh. D. を取得するための難しい奨学金を得ているということも知らなかったし、それは他のサウジアラビア人のティーンの奨学金とは違った種類で、月に二千五百ドルが得られ、一年半は語学学校で過ごせるものなのだというもろもろの詳細を初めて知った。

だから、実はこの度サウジアラビアの政権が代わったことで、今までサウジアラビア人の大量のティーンたちの留学を可能にしていた奨学金制度がすべて打ち切りになり、のらりくらりと語学留学に来ていた彼らが夏の間にこぞって帰国してしまったのに対して、種類の違う奨学金を得ているダラルは、今期もマディソンに残って引き続き勉強が出来ているのだという。その上彼女には月々、大学教授としての給料千五百ドルが入ってくる。シングルマザーで大学教授で息子二人を育てながら勉学にいそしんでいるのだというダラルの知られざる身の上話に、私もジエルも興味津々に聞き入っていた。

それからダラルの話は結婚話にもおよび、ダラルの子供たちの父親であり前の夫である人は、実は従兄弟なのだと彼女は言った（私とジエルが驚いたのは言うまでもない）。そしてサウジアラビアでは、結婚をする時親族全員にお伺いを立て、全員の了解が得られなければ結婚出来ないのだと彼女は教えてくれた。

「離婚したら女の人も再婚出来るの？」と私が聞くと、「何十回でも出来るわよ」とダラルは言う。そして、「私、再婚したいのよ」と言って豪快に笑うと、実はアメリカにいる間に二人の男の人に告白をされたのだと私たちに打ち明けたのだった。

当然、私とジエルは色めき立った。そして、ダラル自身、珍しくその浅黒い頬をほんのり紅く染めながら、一人はイラン人で今乗っている車をダラルに譲った人で、もう一人は黒人のアメリカ人のイスラム教徒なのだと言った。

二人とも美人のダラルのことを好きになったそうだが、ダラルは親戚が反対することが分かっているので、どちらとも結婚することは出来ないと伝えたと言う。サウジアラビア以外の国の人と結婚するなら、アメリカかヨーロッパの白人のイスラム教徒でなければ必ず反対されるのだとダラルは言った。

ジエルが試しに「黄色人種は？」と聞くと「ノー」とダラルは即座に答えた。「こっちに来ているサウジアラビア人の男の人はどう？」と私が聞くと、「一人、バツイチで子持ちの男の人がいるけど……」とダラルは少し間を置いて言った。

「友達よ」そう言うと、ダラルは携帯に入っている一枚の画像を私とジエルに見せてくれた。見ると、カンドゥーラを身に着けたエキゾチックで目元の涼しげな男性の写真だった。どうやらこの人がそのバツイチのサウジアラビア人のようだ。

「ハンサムなんじゃない？　この人」

私が言うと、

「ハンサムだと思うわよ」とつまらなそうにダラルは言う。

そして、「でも彼はただの友達なのだ」ともう一度強調してから「彼は娘がいるからいろいろしてあげたくて、私は買い物とか手伝ってあげているだけなの」とポツリと言った。そして、私もジエルも聞いてもいないのに、「私は愛してないわよ」とダラルは言ったのだった。

試しに「この人がダラルに告白したらどうするの?」と私が聞くと、ダラルは「結婚する」と一瞬の迷いもなく言って笑った。

「だけど、私は愛してない。だって、分かるでしょう? 私たちの国では女の人からそんなことは言えないし、思うこともないの。もちろんこの人が結婚しようって言ったらするけど、私からは何も言わないし、思うこともないの」

私とジエルが顔を見合わせていると、「私は愛してない。ただの友達」とダラルがまた言った。

「だってこの人は、いつも自分の娘のことばかり考えているんだもの。電話してもメールしても娘のことをいつも考えているもの……。でも、ただ私は手伝ってあげたいからイスタンブールマーケットに一緒に行ったりしてあげるの。夫以外の男の人と歩くのは誰が見てるか分からないから、私たちは夫婦のふりをして、手をつないでイスタンブールマーケットに行くの。ただそれだけ」

私もジエルもそれ以上、何も聞かなかった。日本ではそれを「恋」と呼ぶことがあるのだけれど、ダラルはきっとそれを認めないだろう。台湾人のジエルの送別会だったのだけれど、その日は思いがけずダラルの、サウジアラビアの切ない恋愛事情を聞くお茶会となったのだった。

ESLクライシス

語学学校のスチューデントラウンジにジェンガという積み木のゲームが置かれていた。この地下にあるラウンジはもともと生徒たちが食事をしたりくつろいだり出来る広いスペースで、居心地の良いソファがいくつかとテーブル、他にもお菓子やジュースの自動販売機、電子レンジも置かれているのだが、ゲームが置かれているのは初めてだった。見ると「毎週金曜日の昼休みはゲームの時間！　来てね！」とテーブルごとに黄色い紙で作った案内が置かれている。今期から始まった生徒のための新しい試みなのだろう。それだけではない。見るとラウンジの自動販売機はすっきりとして新しいものに替わっていた。

すごいなあ、と私は思う。

そもそも私の通っている語学学校はとても評判のいい学校である。先生たちや授業の質もさることながら、授業以外にも毎月たくさんのイベントを企画するスタッフがいて、季節ごとにハイキングや野球観戦、サイクリング、シカゴ旅行、遊園地やペインティングといった多岐にわたるイベントを週末や放課後に企画し、生徒たちを連れ出してくれる。

他にも、授業以外で「フリーカンバセーションアワー」や「ライティングセンター」といった無料のクラスも毎日開かれており、暇な人はそういったフリーのクラスにいくらでも参加出来るし、コンピューター室の印刷機も使い放題である。学校の寮に住んでいる人は、毎週金曜日の夜にもスタッフルームでフリーカンバセーションアワーやパーティに参加出来るし、一番の強みは、この語学学校の卒業証明書でマディソンにあるいくつかのカレッジに入学することが出来るという点である。

それにもかかわらず、である。今、生徒たちの間でまことしやかに懸念されているのが、この語学学校が危機に瀕しているのではないか？　という事案である。

私がそのことに気付いたのは先月の終わり頃だった。次のセッションで開講される授業の案内の紙に、いくつか消えたクラスがあったのである。スチューデントラウンジは最近なんとなくひっそりしているし、聞くところによると『ビジネス&コミュニケーション』というクラスでは、「どうしたらもっと生徒がうちの学校に入学するようになるのか？」というお題について生徒たちにそれぞれ考えさせて、最終的にこの学校の管理者の部屋でプレゼンテーションまでさせたそうだ。また、常駐しているスタッフの部屋が最近暗いのは、生徒を集めるべく世界中にリクルーティングに行っているからだという。

先月末、授業でベス先生にそのことを聞いてみると、ベス先生はあっさり「確かに生徒数は今すごく減っている」と認めた。だけどそれはうちの学校に限ったことではなく、世界中で起こっていることで、マディソンにあるもう一つの語学学校では今や生徒数がたったの四人で潰れかかっているのだとベス先生は言う（実際、数か月後にその語学学校は本当に潰れてしまった）。他にもウィスコンシン大学が開いている

ＥＳＬ（English as a Second Language）のクラスも今期の生徒は一人きりという異例の事態なのだそうだ。

「なぜ？」と私が聞くと、ベス先生はサウジアラビア人のダラルを見て、「あなたの国のせいよ」と冗談めかして言った。どうやら去年サウジアラビアの国王が交代した際に、これまで大量のサウジアラビア人の語学留学を可能にしていた奨学金制度が廃止になってしまい、そのせいでこれまで主要な顧客だったサウジアラビア人の生徒が激減してしまったようなのである。幸いダラルはまだ廃止になっていない制度を利用しているので残っているが、彼女だってその新しい王政の煽りを受けて自身の収入も半減したと主張した。ベス先生は頷いて、「それから中国人も減った」と、今度は中国人のビッキーに目配せをした。

「そうなの？」と私が聞くと、ビッキーは頷く。なんでも、最近では中国全体でアメリカ人のネイティブの先生を公立の学校に呼んで授業をする方針が主流になりつつあるので、わざわざ語学留学だけのためにアメリカに来る生徒がいなくなっているのだそうだ。そうでなくても世界中にＥＳＬはある。アメリカのドルは高いし、ウィスコンシン州のような知名度の低い場所に来る語学留学生もとても少ないのだそうだ。

気付いてしまうと、私はなんだかすっかりこの大好きな語学学校を心もとなく感じてしまった。そしてそう思うと、毎セッションの終わりに生徒たちに配られるクラスの評価アンケートにも、どこか先生たちがいつも以上にナーバスになっているように感じられたりもしたのである。

トム先生は最終日、このアンケートの内容を読み上げて「この質問は使ったテキストについての評価だね。うーん、僕はこのテキストはとてもいいテキストだと思うね」と生徒を誘導するかのごとくしらじらしく説明していたし、ベス先生は「先生についてどう思いますか?」という質問に関して、「毎度のアンケートでうんざりしていると思いますが、私を辞めさせたいと思っているなら、この質問は絶好のチャンスでしょう」などと皮肉なことを言った。ジム先生に至っては、アンケート記入の時間に隣の教室で待機すると言ってクラスを出ていったそうだが、ダラルの目撃情報によると、彼は待機している間ずっと両手をぎゅっと握りしめて教室で一人ウロウロと心配そうに歩き回っていたという。

もちろんこのアンケートで酷評されて辞めさせられた先生はいる。非正規で雇われている先生たちは、自分が受け持つクラスを次のセッションで持てるかどうかは、セッション開始日の二日前に知らされる。そこで初めて、いくつのクラスが開講されるか知り、それによってその月の給料が決まるのである。だから生徒数の減少に伴い、クラスが縮小している今、このアンケートは先生たちの死活問題なのである。

先月の終わり、セッションの終わりにベス先生は一人ひとりの生徒に「次はどの授業を取るのか?」と聞いて回っていた。そして一人ひとりに自分の授業をもう一度取ることを丁寧に勧めていた。もちろん私にも「あなたが書きたいと思うことを書いていいのよ」という甘い誘い文句とともに、もう一度ライティングの授業をリピートしてはどうか? と提案した。

それからトム先生は『発音』の授業の最終日に「次のクラスは生まれ変わる」と驚きの告知を行った。事実、このクラスはクラス縮小のために消えた他の『スラング』というクラスと合併した新しい授業内容になるようで、『発音』のクラスを終えたばかりの私たちが、再度この授業を来月から取っても損はないのだとトム先生は宣伝したのである。

「単語テストはありますか?」と私が聞くと、トム先生はあまりにも苦しそうな長考の末、「五問だけだ! たったの五問だけやるかもしれない。だってここは〝学校〟

だから！」と言って生徒の顔色を窺うべく、教室を見回した。

結局、私はトム先生の言葉を信頼して、もう一度その新しく生まれ変わるという『発音』の授業を受講することに決めたけれど、必死に「自分の授業をリピートせよ」とリクルーティングする先生たちを目の当たりにして、「英語を外国人に教える」という仕事を誇りにし、毎日を楽しみ輝いていると思われた先生たちが思いがけず直面しつつある時代の世知辛さについて、私は胸を痛めずにはいられなかった。

とりわけ日の短くなってきたマディソンは、今月から誰もが忌み嫌う冬の季節の幕開けである。誰もが春を待ち遠しく思う極寒の世界の始まりである。ひっそりとしたスチューデントラウンジにポツンと置かれたピカピカのジェンガの山を見て、日々生き残りをかけて模索しているＥＳＬの実情を、私は少しだけ悲しく思ったのだった。

アハメはアハメ

二〇一六年十一月八日、トランプ大統領が誕生した。

「今回の大統領選は歴史的なものになる」というのは、選挙前からよく聞くセリフだった。ヒラリーになれば、史上初の女性大統領、トランプになれば史上稀に見るクレイジーな大統領の登場、という意味だ。

私の住むマディソンは学園都市ならではのリベラルな人が多く、ヒラリー支持者が圧倒的多数を占めていたけれど、一歩マディソンを離れれば、そこは全く違うファーマーたちの住む世界であり、マディソンはそれらに囲まれた「陸の孤島」なのだと先生たちはかねてから危機感を募らせていた。そしてその言葉の通り、あの夜ヒラリーの敗北にとどめを刺した州であるウィスコンシン州は、マディソンやミルウォーキーなどの数少ない都市部を除いてはトランプ支持という形で結末を迎え、見事「史上稀に見るクレイジーな大統領」が誕生したのである。

そんな「歴史的選挙」が過ぎ去ると、選挙前からずっと停滞していたどこかそわそわした空気からも解放され、語学学校にも何も変わらない日常が戻ってきた。

以前からトランプ当選の折にはカナダ移住を表明していたベス先生もトム先生も、もちろん移住などすることはなく、以前と変わらず語学学校で教鞭を執っている。私もフリーのカンバセーションアワーに参加したり大学の授業を聴講しに行ったりする日常であるが、だけど何かの拍子にふと政治の話題になったりするのが興味深かった。

アメリカ人の彼氏のいるタイ人のパニカは、お茶をした際、今は五年間のビザがあるけれど今後はトランプのせいでどうなるか分からないと不安を漏らしてみせたし、先週帰国したコロンビア人のフェリペは、「トランプのせいでマディソンに行くのは今後、最もハードになるだろう」と、本気か冗談か分からない、ませた内容のメールをわざわざ送ってきた。

先日のカンバセーションアワーは、トルコ人の女の子、韓国人の女の子、そして白人のジェシー先生と私の四人で行われたのだが、すぐに話題はアメリカのトランプの話、韓国のパク・クネ大統領の話、そして少し前のトルコのクーデターの話になったりした。

韓国人の女の子は、長い時間をかけてまず「パク・クネが嫌い」だということ、「こんなことになって恥ずかしい」ということ、「パク・クネの父親が大量の人を殺した」ということをとても中身の薄い英語で熱弁した。とりわけ、「恥ずかしい、恥ずかしい」と終始大げさに言っていたので、ジェシー先生は「うちだってトランプになって恥ずかしいわよ」と言ってフォローしていた。トルコ人の女の子は、クーデターのことはよく知らないと言いながら、つたない英語で何やら人が大量に殺された話をしていたが、気付いたら私以外の全員が、自分の国の「酷さ自慢」になって迷走していた。

韓国人の女の子はとにかく大げさで、「うちはナチスみたいなものよ」とまで言っていたが、「だけど私の友人でアメリカの軍に入りたがっていた男の子がいたんだけれど、トランプが大統領になったせいでもう入りたくなくなったって言ってたわ」とジェシー先生に向かってアメリカを軽くけなすことを忘れなかった。

けれど、その時「ナチスみたいなものよ」と軽く言った韓国人の女の子のセリフに、私はふと既視感を禁じ得なかった。どこで聞いたのだろう。そう思うとふいに「ダラルだ」と思い当たった。

サウジアラビア人のダラルが、先月「うちは北朝鮮と同じなの」と言ったセリフと、韓国人の女の子のセリフがオーバーラップしたのである。

それは中国人が祖国でフェイスブックを禁止されているという話になった時にダラルが「うちだって」と言って続けたセリフだった。新しい王政になってから、サウジアラビアではフェイスブックもスカイプもメッセンジャーも禁止されてしまい、ダラルはまだ禁止になっていないアプリを駆使して祖国の家族とコンタクトを取っているのだと発言したのだった。私が「でもなぜわざわざフェイスブックとか禁止する必要があるの?」と聞くと、側で聞いていたベス先生が「政府が人々をコントロールするためでしょう」と憤然と言ったが、だけどそんなことを規制することで、いったい人々の何をコントロール出来るのだろうと、私には疑問だった。

実際、先週中国へ帰国したビッキーは、帰国前日、私にメッセンジャーで最後のメールを送ってきて、「WeChat」というアプリをダウンロードしてくれ、と頼んできた。「何それ?」と私が聞くと、中国で使える中国人たちにとっての唯一のコミュニケーションアプリだという。「中国人なら全員がやってるわよ」とビッキーは言うと、私に丁寧に使い方をメールでレクチャーしてくれた。

「中国ではツイッターもフェイスブックもインスタグラムもメッセンジャーもLINEもスカイプも使えないから」

とビッキーは言った。

「WeChat は安全よ」とビッキーが言うので、「e-mail は使えるの？」と私が聞くと「使える」と彼女は言った。

だけどビッキーのことが大好きなので、私はすぐに WeChat というアプリをダウンロードして使えるようにした。すると登録した直後にダラルから WeChat の追加の申請が来たので何だか笑ってしまった。これまで私は WeChat なんて知らなかったのだが、禁止されればされるほどに、中国人たちもサウジアラビア人たちも、抜け道を探して躍起になってコミュニケーションアプリをダウンロードしているのだと思うと面白かったからだ。人をコントロールするというのは、とても皮肉なことなのだなと考えずにはいられなかったのである。

ところで、もう一つ面白かったのは、WeChat をダウンロードした後、今度はサウジアラビア人のアハメからフェイスブックを通じてあるアプリのダウンロード依頼が届いたことだった。また知らないコミュニケーションアプリなのだろうか？　と思った私は、依頼されるままにその聞いたこともないアプリをダウンロードしたが、開けてみるとただの「出会い系」アプリでとてもびっくりした。しかもそれはとてもよく出来ていて、出会いを求めて登録している人全員の位置情報が瞬時に分かり、その人たちの人気順位や顔写真も見放題なのである。

アハメはこんなものを使っているのか……と思いびっくりしていると、ダウンロードして三十分も経たないうちに「△△さんがあなたに興味を持っています。会いますか？」という案内通知が届いたので、私は大急ぎでアプリを削除した。

全く、アハメは何を考えているのか……。「歴史的選挙」を終えてもなお、アハメは大金持ちの能天気なアハメのままだったのである。

二〇一六年　冬

発音が出来ないのは楽しい

リピートしていた語学学校の『発音』の授業が今日で終わった。来週から私は臨月に入るからである。トム先生のこの授業は二度目だったので、重複する部分などありながらも、私は発音にまつわるあれこれをたくさん学ぶことが出来た。

どの言語にしても発音の問題は生きた言語を習得する上では避けては通れないものであり、授業では、アメリカ人が単語を本当はどのように発音しているか、そしてそれが表記通りでは決してないこと、音の強弱の癖のようなもの、それから七、八割の確率で「単語の意味が分からなくても発音だけは出来るようになるルール」、またアメリカ人が好む「くだけた言い方」など、ユニークな内容をゲームなどを通じて楽しく学んだ。

トム先生は「こんなこと君たちの祖国では学ばないだろう?」と得意気に教えてく

れ、そして何よりも私たち生徒の、それぞれがそれぞれの母語にとらわれた発音の問題によって四苦八苦する姿を露呈した時、授業中、誰よりも一番嬉しそうに笑った。

とりわけ、音域の狭い日本語を話す日本人の私にとって、学ぶべき発音のルールはたくさんあった。日本人はLとRの区別が出来ない。大半の生徒はThを発音する時、舌をかむことが出来ない。また、スペイン語を母語とする生徒たちはYのサウンドをJで発音してしまう。また、生徒全員にありがちなミスとして、私たちが住むマディソンは、「Medicine（薬）」ではないのだとトム先生は何度も指摘した。

それから、私が一番苦手なSyllable（音節）の問題もあった。このSyllableとは、英語話者が単語の中で一つの音として感じる単位を表していて、例えば「That」は日本語では「ザ・ッ・ト」と三音節で表されるのに対し、英語では「ザッ」と一音節と数えられるルールのことである。「Chocolate（チョコレート）」は日本語では「チョ・コ・レ・エ・ト」と五音節であるのに対し、英語は「チョッ・コリ」という二音節になるのだが、Syllableが嫌いな私はSyllableの「数あてゲーム」をする時、授業をリピートしているにもかかわらずいつもワークパートナーにぼろ負けしてしまい、トム先生にからかわれていた。

だけどこのSyllableの問題を通じて私は、日本人が英語の発音が難しいのと同様に、英語話者たちにとっても日本語の「フラットな発音」を習得することがとても難しいのだということに気が付いたことがあった。

だからある日、私はこの問題を逆手に取って、トム先生にPerfumeの『チョコレイト・ディスコ』という曲を紹介した。この曲は「チョコレイト・ディスコ」とリフレインする部分で、「チョ・コ・レ・エ・ト」の五音節を使って拍を取る曲だからである。二音節でしかチョコレートを発音出来ないアメリカ人たちは、この曲を決して正しく歌うことが出来ないと思ったのである。トム先生にこの曲を紹介すると、先生はこの異国のポピュラーソングを聴きながら、「日本の曲は本当にクレイジーだ！」と嬉しそうに首を振って笑った。

また、トム先生は日本の車のNISSANのことを、いつも「兄さん」と発音した。「兄さんではない、『ニ・ッ・サ・ン』だ！　四音節だ」と私が指摘すると、先生は「セイコは大人しい生徒だったのに、いつからそんなことを言うようになったんだ？」と悲しそうな顔をした（まあ、一年もいたら口が立つようになるのは仕方ない）。

さらにこうした発見は、現在聴講に行っているウィスコンシン大学の映画学の授業でもあった。前学期で私が正規の聴講生ですらないのに座っていることを許可してくれたウィスコンシン大学のカプレイ教授の授業である。

エジソンの発明から始まって、一九六〇年代までの世界の映画の歴史を繙きながら、毎週さまざまな映画のジャンルを扱うこの授業で、先週はついに日本が世界に誇る「ジャパニーズ・アートシネマ」の回を迎え、カプレイ教授は、正規の聴講生ですらない私にこの日、何度も授業中に意見を求め話しかけてくれたのだが、そのほとんどが「これ、日本語でどう言うの？　これ、発音合ってる？」というものだったからである。

「黒澤明の『蜘蛛巣城』は日本語で何て言うの？」とカプレイ教授は私に聞き、それがマクベスを題材にした映画であるということから、「英題より邦題の発音の方が〝マクベス〟に近いねぇ」などと呟いたりした。そして「トーホー（東宝）は黒澤明の映画の会社だからこの発音には自信があるんだ」と私に笑いかけてくれたのだった。

だけど私はその時、日本人を代表して、細心の注意を払ってカプレイ教授が意味せんとする日本語の発音に耳を澄ませていた。というのも私は以前、カプレイ教授と話をした際、この日本語の発音の問題で大失敗をしたことがあるからである。

その失敗とは、カプレイ教授が日本の「ベンシ」にとても興味があると言って私に「知っているか?」と聞いてきた時のことだった。

私は、教授がまた発音を間違えていると早合点し、咄嗟に「武士! 武士! サムライ!」と叫んで、刀を抜く武士のモノマネをしてみせた。カプレイ教授は驚いて、「もう一度発音してくれ!」と叫び、私は「武士、武士」と刀を携えたジェスチャーのままでもう一度単語を繰り返した。

「ほお……」とカプレイ教授は目を細め、「やっぱり本場の発音はぜんぜん違うな……」と呟いた。が、実は「ベンシ」というのは、サイレントムービーが日本を席巻した際に日本で登場した、映画を盛り上げる「語り部」として一時期活躍していた「活動弁士」のことだったのである。

教授とのちぐはぐなやり取りのすぐ後にそのことが判明し、私は、教授が発音を間違えているものだと思い込んだこと、無駄に武士のモノマネをしたことから、顔から火が出るほど恥ずかしい思いをしたというわけである。だからもうそんな間違いをしてはいけないと思ったのである。

発音というのは習っても習わなくても、いつまで経っても本当に難しい問題だった。だけど一方で、こうして日本語の発音と英語の発音が分かり合えない遠い立ち位置にあるからこそ面白くもあった。トム先生は授業中、いつも楽しそうに私たち生徒の発音の間違いを大笑いして指摘していたし、私は失敗しつつも、カプレイ教授の授業で初めて、ウィスコンシン大学の正規の学生たちの前で日本語の発音を披露するという大役を得、自尊心がくすぐられるような、とても誇り高い気持ちになれたからである。

それぞれの住環境

十二月に入り、日本人留学生のユウト君から、先月のサンクスギビングの動画が送られてきた。毎年十一月末にあるサンクスギビングはアメリカの大切な祝日の一つで、家族で集まって七面鳥を食べるなどして過ごすのだが、家庭によっては食後の団欒として余興のようなものをすることがあるそうで、その時の記念の動画を送ってくれたのである。ユウト君が参加したホストファミリーの余興は歌の披露だったが、それはただ歌を披露するだけではなく、ユウト君とホストファミリーのちょっとした寸劇も組み込まれていた。

それはサンクスギビングの晩餐後、バンドマンであるホストファザーがギターを片手に一族の前で歌を披露するところから始まる。けれどなぜかその日、ホストファザーはいつもの調子が出ない。ホストマザーが助けに入るもなぜかうまくいかず、場は白けた雰囲気になる。そんな二人を見かねた留学生のユウト君が「オーケー」と立ち上がり、ビートルズの『Here, There and Everywhere』を堂々と歌い上げる、という筋書きだった。

サンクスギビングの一週間ほど前から、学校の宿題の合間に歌や寸劇の練習をしなければならないと焦っているユウト君の姿を見て、私は密かに、「そんなことをさせられるホームステイ先は嫌だ」と思ったものだが、まだ十九歳の彼は割と楽しんでこなしていたので、私はすっかり感心してしまった。そうでなくても、ユウト君のホストファミリーは日頃からユウト君に「今日は先生に質問を一つすること」などと余計な課題を出したり、予定のない週末にはユウト君にクッキー作りを手伝わせたりしていたので、私だったら耐えられずにホストを変えてしまいそうなものだと思っていたのである。

実際、ホームステイ先との相性が合わないといったトラブルは、語学留学に来ている生徒の間ではよく聞く話だった。少し前に、カンバセーションアワーに参加していた韓国人のジャイアンという女の子は、「最近どう？」というジェシー先生の社交辞令的な第一声に対して、「ホームステイ先の私の部屋のエアコンだけが動かないの」と言って泣き出したことがあった。

「大丈夫？」と周りが心配していると、ホストファミリーはとてもケチで、〝シャワーは五分以内で浴びる〟など二十七個のルールが定められていると言って彼女はその場でノンストップでホストファミリーに対する不満をぶちまけ始めたのである。その上、ホストファザーが車で送ってあげると言うから車に乗ると、後で十五ドル請求されたそうで、ジャイアンは自分がこんな目に遭っていることを韓国にいる母親が知ったらと思うと涙が出るのだと言ってまた泣いた。

カンバセーションアワー開始早々のこの展開に困惑しながらも、ジェシー先生は優しくティッシュを差し出すと、「どう？　皆、何か彼女に言ってあげられるいい解決案はないかしら？」と、本日のカンバセーションのテーマとして私たちに話を振ったが、その日集まった数名の生徒たちによって絞り出された解決策はたった一つだった。

「ホームステイ先を変えること」

ジャイアン（それにしても面白い名前）の話も確かにひどい例だったけれど、留学生たちの話を聞いていると、ホームステイ先というのは本当に当たりはずれがあるように思われる。飼っている犬がうるさい、とか、家の子供たちが反抗期、食事中によく夫婦喧嘩が勃発する、というのはまだましな方で、ホストマザー一人だけの家庭だと思っていたら、実は地下に「知り合いのホームレス」を住まわせており、人目を避けて夜な夜なホームレスが台所に出没していたという話や、毎週金曜日の夕食はカリカリのベーコンとフレンチトーストだけで、もう二度とフレンチトーストは見たくないという話、猫が直前までお尻をつけて座っていたお皿に気にせず料理を盛られた話、食後は指先で料理の残りを嘗め回す家族の話、いつもトイレを流すことのない家だったので、来る日も来る日もホストファミリーの大便小便を流していた話など、枚挙にいとまがない。

とりわけ、大便小便を流さないホストファミリーの逸話は他の二、三人の留学生からも聞いたことがあったので、私の中ではちょっとしたマディソンの七不思議の一つだった。

もちろん、ホームステイをすることで、サンクスギビングなどのアメリカの伝統的な行事を体験出来たり、ネイティブの人の英語に常に触れる機会があるというのは、私のように個人でアパートに住むよりも楽しそうで羨ましく思うことはあるけれど、ホストファミリーとのトラブルの多くは、潔癖性な日本人留学生から聞くことが多かったので、私は、これはこれで良かったかなとも思う。

とりわけ、ここマディソンでのアパートは、私が結婚してからこれまで暮らしてきた五つのアパートの中で一番広くて快適である。マディソンのアパートにはどこもたいていジムとプールが付いていて、私のアパートにもジムとプール、サウナとちょっとした集会場のようなものがあり、その上卓球台や屋外バーベキューもある。

寒い土地ならではのセントラルヒーティングのため、冬でも常にアパート内は暖かいし、アパートの前には広々とした芝生の公園が広がっていて、リスやうさぎが走っている。歌を歌わされることもなく、大便小便を流さないホストファミリーもいないので、そういう意味ではとても気楽なものである。

ところで、そんな私がちょっと住んでみたかったな、と思うのは、ウィスコンシン大学が運営しているという特殊な寮の話である。

ダウンタウンに住む学生たちのほとんどがシェアハウスや寮に住んでいるのだが、そのうちの一つに、語学力向上用の寮があるという話を聞いたことがあった。

私のカンバセーションパートナーだったロマン君の彼女が、その中の「フランス語専用」の寮に住んでいたそうだが、その寮に住む寮生たちは、フランス語しか話してはいけないルールなのだという。そして、そういった語学力向上用の寮は他の言語もあり、ロマン君は日本語専用の寮に入りたいと私に語った。しかもそういった寮ではその言語専用のＴＡ（Teaching Assistant）も少し安めの金額で一緒に住んでいるので、月に何度かは勉強会のようなものも開かれているのだという。勉強熱心な学生の街、マディソンならではのなんとも素敵な住宅事情だなぁと思うのである。

好奇心旺盛なダラル

「サウジアラビアでは、結婚する前にＳＥＸはしないの」

十二月も半ば頃、すっかり降り積もった州会議事堂の雪景色をバックに、スターバックスで席に着くなりサウジアラビア人のダラルは私に唐突にそう言った。

「アメリカも厳しいキリスト教信仰者の間では結婚する前にＳＥＸはしないそうよ。ベスがこないだそう言ったの」

ベスというのは、語学学校のベス先生のことだ。彼女はとても厳しい先生としても有名だが、旦那さんが教会の牧師か司祭か何かをしているので、いかにも教会に携わる彼女が言いそうなことだなと私は思ったりもする。「日本はどう？」とダラルが聞くので、私は少し考えてから「日本はそんなことないよ。結婚前も結婚後も……例えば不倫なんかもよくあるよ」と答えてみた。するとダラルは「本当に⁉」と叫んで両手で口を押さえた。ダラルにとってはカルチャーショックだったようだ。「まあ、基本的には許されてないけどね」と私は付け加えるが、ダラルはスターバックスの机を凝視したまま、熱心に何事か考え込んでいた。

この美しい昼下がりの女子トークに、ダラルがなぜこんな話題を選んだのか分からなかったけれど、「ベス」と聞いて私はふいに前のセッションで、ベス先生が「ネットのポルノ閲覧」について凄まじいほど個人的な嫌悪感を露呈したことを思い出していた。授業中、彼女の娘のネット閲覧履歴に「ポルノ画像」が含まれていて驚愕したというエピソードを披露したベス先生は、少し異常と思われるほど、「ポルノが」「ポルノが」と「ポルノ否定」をしていたので、私はつい「ポルノを閲覧することってそんなに悪いことですか?」と反旗を翻し、火に油を注いでしまったことがあったのだ。ベス先生は予想以上に怒りの矛先を私に向け、「あなたのそのお腹の子供がポルノを観るようになったらどうするの?」と私に尋ねた。私は「別にいいんじゃないの」と答えたけれど、保守的で敬虔なキリスト教徒のベス先生には理解出来なかったようで、この時は、ベス先生との間に分かり合えない大きな溝がぽっかりとあくのが見えた瞬間だった。

だから、当たり前のことだけれど改めて、信仰する宗教、国やカルチャーによって「性」のあり方もとても違うのだなと私は考える。例えばサウジアラビアでは同性愛は許されていないので、ダラルはアメリカに永住しているサウジアラビア人の男はほとんどゲイなのだということを、声を潜めて教えてくれた。祖国で認められることのない彼らは、アメリカに渡り、アメリカで同性婚をし、祖国を捨ててアメリカに移住するのだそうだ（「だから、マディソンに永住しているサウジアラビア人もゲイが多いのよ」とダラルは私に耳打ちするのである）。

そしてそんな同性愛に寛容なアメリカでは、道を歩いていても普通に同性愛者を見かけることがあった。そのせいか分からないが、こちらに来てから何人かのティーンたちがあっさりと私にカミングアウトすることもあったし、語学学校の先生やスタッフの一人がゲイであるということも生徒やスタッフの間では暗黙の了解である。

しかしそういう同性愛への寛容さの一方で、アメリカ人というのは不倫や夫婦間のセックスレスなどによって、驚くほど簡単に離婚する一面があるのも事実だった。知り合いのアメリカ人の両親があまりにも多く離婚しているせいで、長年連れ添った熟年夫婦を見るとつい感動を覚えてしまうくらい、こちらの離婚率は高い。日本とは違い、こちらでは「夫婦」であるということが「性的な結びつき」によることが絶対的な条件と考える人が多く、日本のようにセックスレスでも不倫されても離婚に至らない、などということは起こらないのだそうだ。

もう一つ、宗教的な性の話で面白かったのは白人のマイケル先生だった。彼は六人兄弟の末っ子なのだが、家族の話をしていた時に、「僕は望まれてなかった子供なんだよ」と冗談めかして言ったことがあった。私が「どうして分かるの?」とマイケル先生に聞くと、彼の家の宗派が避妊を固く禁じているからだとマイケル先生は教えてくれた。

「だから六人目の僕はアクシデントなんだよ。僕は、アクシデントチャイルドなんだよ……」

それにしても、この日は昼間からダラルがSEX、SEXと連呼するので、私はだいぶ恥ずかしかったのだが、ダラルはアメリカや日本の「性」のあり方やその違いに興味津々のようだった。

もしかすると彼女はサウジアラビア人の女性の中ではとても特異なタイプなのかもしれない。だけど、ダラルのそういう何事にも好奇心旺盛な姿勢は、保守的で厳格なキリスト教徒のベス先生よりも何倍も柔軟で寛容さに富んでいるように私には思えたし、ダラルの話や興味の対象はいつもとても面白かった。

そんな話を二人でしながらスターバックスを後にし、力強いハグをしてダラルと別れた私は、白銀に染まったマディソンの街を滑らないように慎重に歩いてバス停へと急いだ。臨月の私のお腹は、まだまだ妊婦だとばれることがないほど小さい。だけど出産を目前に控え、こんな楽しくて刺激的なランチもしばらくはお預けだった。

真っ白な州会議事堂の雪景色を見てバスを待ちながら、次にダラルに会う時は私もダラルと同じく母親なのだと思うと、なんだか不思議な気持ちがしたのだった。

エピドゥラル、プリーズ

「明日の夜七時に入院して、明後日か、遅くともその次の日までには出産する運びになります」

と、担当医である女医のシュミール先生に言われたのは、妊娠三十九週に差し掛かろうとしている十二月二十六日のことだった。

当初の出産予定日は年明けの一月二日。日本だと考えられないが、この三日ほど前に受診した「超音波検診」で胎児が小さいと診断され、胎盤機能が低下しているかもしれないのでリスク回避のため、早めに産んでしまおうという処置だったのである（アメリカは訴訟などの問題も大きく関係しているのかもしれない）。

そもそもアメリカサイズを基準として「小さい」という診断だったので、日本だと標準の大きさ（二千六百グラム）だったのだが、アメリカの病院でそう診断されたのだから仕方ない。郷に入っては郷に従えである。

その日、大慌てで家に帰ると、私と白井君は入院に向けて炊飯器六合分のおにぎりを握り、図書館で『ゴジラＶＳキングギドラ』のＤＶＤを借りて促進剤が効くまでの暇つぶしにしようと画策し、「見納め」と言ってはマディソンの美しく凍った湖の上をツルツルと歩いて写真撮影しに行き……今思うとあまりにも悠長に、そして楽観的に出産の備えをしていた。

そもそもアメリカで出産をすることのメリットとして私が考えたのは、子供が「二重国籍」になる点と、もう一つは「無痛分娩」で出産出来るという点だった。計画分娩や帝王切開が主流だというタイ出身のプンに「日本では自然分娩が普通」だと言うと「なぜわざわざ痛い思いを？」ととても驚かれたことがあり、台湾人のジエルからも「帝王切開にしないのか？」と聞かれたことがあって、ぼんやりと「麻酔がある今の世で、わざわざ痛い思いをして出産するなんて文明に反しているかもしれない」というような思いが芽生えていた。担当医のシュミール先生も「麻酔は使っていいのよね？」と臨月に入ってからは念を押してくれていたし、だから私の出産に対する心構えはどちらかというとすこぶる余裕だったのである。

目下の心配事は入院食。事前に出産する病院（アメリカは検診を行う病院と出産当日の病院が異なる）の見学ツアーに行った際、ピザやハンバーガーといったまるでファミレスのような入院時のメニュー表を見せられて、「これはいけない」と大きな危機感を覚えた私は、事前におにぎりや大根の煮物、シチューや栄養ドリンクの準備だけは怠らなかった（結果的にこれは大正解だった）。

あとは、陣痛の合間にいつ『ゴジラVSキングギドラ』を鑑賞しようか？　などと白井君と相談し、白井君は「あわよくば大河ドラマの『真田丸』も観たい」と言って、二人で笑いながら夜は更けていった。

ところが、である。十二月二十七日の夜七時に入院した私は、翌二十八日の朝十時に出産するという思いがけないスピード出産となり、そのせいで『ゴジラVSキングギドラ』も『真田丸』も病室の大画面で鑑賞している暇などもちろんなく、夜中の三時に陣痛が始まると、その鈍い痛みは夜明けとともにいよいよ大きくなり、私は記憶がほとんど無くなるほどひたすら苦しんだのだった。

あまりの痛さのため、すぐに「エピドゥラル、プリーズ（麻酔してください）」と叫んだが、ナースたちは「まだ担当の先生が到着してないから麻酔は打てないのよ」と涼しげに答えて、「まだ生まれないだろう」と言って相手にしてくれなかった。こんなに痛いのに、まだ噂に聞く無痛分娩にならないのだろうか？　ゴジラかキングギドラにでもなりそうなほど「痛い、痛い」と日本語で叫ぶ私の背中をひたすらさする白井君。

「エピドゥラル、エピドゥラル、プリーズ！」

私がしつこく麻酔をしてくれ、と叫んでいると、ついにナースが「あら、もう子宮口が開き始めている」と動いてくれたのが朝の八時頃である。やっと痛みから解放される、と安堵したのもつかの間、「担当医のシュミール先生が到着してないから、麻酔はまだ打てない」と再び戻ってきたナースに言われると、シュミール先生を待つこと一時間（一年くらい待ったような長い時間だった）。そしてやっとのことで到着したとの知らせが入り、私がのたうちまわる病室に入ってきたシュミール先生は、開口一番「もう麻酔を打っている暇はないのでこのまま行きましょう」と言い放ち、私は予想していなかったまさかの「自然分娩」で十二月二十八日朝十時、アメリカ合衆国ウィスコンシン州マディソンの病院で小さな男の子を出産したのだった。

それにしても痛かった。

この喜ばしい出産という人生の大きな出来事の中で、恨み言を一つ言わせてもらうとすれば、この朝、病室に遅れて現れて「麻酔無し」の決断を下したシュミール先生が、花柄の上下のドレスに白衣を羽織って、その上メイクばっちりという、今まで見た中で一番美しい姿をしていた、という点である。

あの日、先生がもしノーメイクで、着の身着のままで病院に駆けつけてくれていたら、私は無痛分娩で出産出来ていたのではないか？ と、つい思わずにはいられなかったのである。

産後ハイ、映画を愛する人

十二月二十八日に出産し十二月三十日に退院したせいか、産後すぐ、いわゆる「産(さん)

褥期（じょくき）」というものがピンと来なかった。出産時に少し手術をした際に処方された痛み止めがとても強い薬だったのも一因してか、私はどこか「産後ハイ」のような状態だった。それに、アメリカは退院した翌朝に再び病院に検診を受けに行かなくてはならなかった。だから日本でよく聞く「産後は絶対安静にしなくてはいけない」と言われている「産褥期」というものを意識出来ぬまま、日本から「産褥期のケア」のために渡米してきてくれた母親の言うことも聞かずに、私は産後一週間で何度も外出を繰り返していたのである。

もともとアメリカは入院期間が短い。だからアメリカには「産褥期」という概念そのものがないのだと私は勝手に思い込んでいた。入院期間の三日間も生まれたばかりの新生児とずっと一緒に過ごさなければならず、休む暇もなく母乳トレーニングや新生児の健診など入れ代わり立ち代わりナースが出入りするので目まぐるしい。入院食だってピザやハンバーガーで、日本人だと乳腺が詰まりそうだと心配しそうなものだが、アメリカではそれが当たり前なのだ。日本人は繊細だから、育児書にはやれ根菜を食べないといけないだの、とにかく起き上がってはいけないだの書いてあるけれど、アメリカ人はそんなことをしていないのだから、本当は「産褥期」なんてやわな日本人が作り出した都市伝説のようなものではないか。私はそんなことを考えて、アメリカ人に出来て日本人に出来ないはずがない、と妙にテンション高く、毎日せっせと頑張っていた。

だけどその後、突然緊張の糸が切れたかのようにぱったりと携帯のメールも開けることが出来ないほどの疲労を感じて床に臥し、一日中起き上がることもままならず、「これがいわゆる産褥期か」とぼんやりと思ったのが産後二週目のことだった。

毎日泥のように眠り、授乳に追われながら、私はアメリカにも実は産褥期という概念があるのだということを母親から漏れ聞くことになった。入院期間が短いのはアメリカの医療費が高いせいなのだ、と母は外出先で出会ったアメリカ人から聞いたことを教えてくれた。

ところが、産後二週目の終わりから三週目にかけて「産褥期のピーク」を過ぎてしまうと、私はまたすぐにムクムクと「動きたい」気持ちに突き動かされるようになった。そして産後三週目にして、一月中旬から始まったカプレイ教授の『ドキュメンタリー映画学』の初回授業に出るべく、雪の降りしきる中、赤ちゃんを白井君と母に託すとバスに揺られて一人、ウィスコンシン大学へ赴いたのだった。

カプレイ教授に会うのは年末の十二月二十二日の前セメスター最終日以来、ほんの一か月ぶりだった。

前回『映画史』を聴講し、最後に挨拶に行くと、カプレイ教授は「いつでもまた来ていいよ」と優しく言ってくれた。

「次のセメスターも来たいのですが、出産があるのでどうなるか分からないのです」と私が言うと、カプレイ教授は私のこの初めての妊娠の告白に、「信じられない」というように驚いて、私のお腹をまじまじと見た（臨月ですら、私はほとんど妊婦だと気付かれないほどお腹が小さかったのである）。

「でも必ずまた会いに来ます」と言ってカプレイ教授と固く握手をして別れたのが十二月二十二日。その一週間後に出産をして、その三週間後、再び私はカプレイ教授の授業に姿を現したというわけである。

思い返すとすごい執念である。まだ手術したところが完治しているわけではなかったのに、どうしてもドキュメンタリー映画の授業に私は出たかったのである。でもこんなに急いで授業に復帰しようとするなんて、きっとまだ産後ハイだったのだろう……。

「やあ、戻ってきたね」

私を見つけると、カプレイ教授は学生でもない私ににこやかに微笑んでくれた。

出産したと報告すると、やはりカプレイ教授は「信じられない」というように驚いて、面白そうに私のお腹をちらっと見た。私は、この三週間のうちに買っておいたカプレイ教授の著書を手に持っていたので、すぐにカプレイ教授にサインをお願いした。するると教授は嬉しそうに「どこで買ったの?」と言いながら本を受け取ると、「For Seiko!」とさらさらと書いてくれた。

「For Seiko! a wonderful cinephile! Vance K.」

本を私に返しながら、カプレイ教授は「cinephile って言葉知ってる? フランス語なんだけど」と私に尋ねた。「映画が好きな……」私は咄嗟に言い淀んだ。すると、カプレイ教授は笑いながら私をまっすぐに見つめ、こう言ったのだった。

「映画を愛する人。つまり、君のことだよ! セイコ!」

二〇一七年　春

子供を持つということ

二月から三月にかけて、マディソンの気候は思わせぶりだった。昨日唐突に芝生の雪をすべて解かしたかと思うと、次の日の朝にはまた、そこら一面に白い雪を降らせることがあるからである。春を待ちわびる人々の気持ちをもてあそびながら、マディソンはゆっくりと凍てつくような冬から遠ざかろうとする。けれどそれはまだ長い冬のトンネルの出口ではなく、あくまでも気まぐれに私たちの心をかき乱す一進一退の春への攻防だった。

私はというと、そんなマディソンの気候に呼応するかのように、産後の体力は回復したりしなかったりを繰り返していた。

手伝いに来てくれた母が一月末に帰国した後、二月から私の本当の育児がスタートしたのだが、火曜日と木曜日の朝に相変わらずウィスコンシン大学のカプレイ教授の授業を聴講すると、それだけですぐに動けなくなり、熱が出て寝込んでしまっていたのだった。三時間おきの授乳と家事だけで精一杯だったのだが、それでも調子のいい日は頑張って外に出るようにし、友人に二時間ほど会ったりもした。だけどその次の日には決まって熱が出て動けなくなった。

出産前からずっと自分に課している読書や映画鑑賞のノルマも思うようにこなせない。産前にランナーとして鍛え上げていた足腰の筋肉がすべて失われ、一キロ走るのがやっとの体になっていたこともショックだった。すべての体力が出産でゼロになり、それを一にするための入り口がなかなか見つからない。可愛い我が子との愛おしい日々と引き換えに、私は何か大きな、自分自身の生命力の一部分をどこかに置いてきてしまったのだと考えずにはいられなかった。

それでもようやく最近、雪解けの日が増えてくるのと同時に、ジムでトレーニングしたり、語学学校に顔を出したり出来るようになった。家事も読書も映画鑑賞も、授乳の合間にやるコツを摑んできたし、少しずつ日常が戻ってきた。すると、今度は出産するまで気付かなかったことが見えてくるようになった。広いトイレや段差のないバリアフリーの道のありがたさを感じるようになったし、乳飲み子を抱えているということに対する周りの温かさも冷たさも、自分が知らなかった世界が急速に見えてきたのである。

それと同時に、私を取り巻く交友関係のあり方も様相を変えることがあった。子供を持つという人生の選択に対して、すべての友人が祝福してくれているとは限らなかったからである。「母親にならない」ということと「母親になれない」ということの大きな隔たりについて私は少しも考えたことがなかったので、子供の話をすることで同世代の友人を知らず知らずのうちに傷つけているということも、これまで考えたこともなかった。だから、たかだか産後二か月でこれまで築いてきた友情があっけなく幕を閉じたり、心無い言葉を浴びせられたりすることがあるほど、『出産』というイベントが女性の生き方において、これほど繊細な問題だったのだということも、私は恥ずかしながら自分が出産するまで知らなかったのである。

そんなことがあったせいで、私は最近ベス先生の「養子縁組」の話をよく思い出していた。日本では「養子を持つ」ことは人生の選択にはあまりあがらないが、アメリカでは割とよくある話である。

実際、ベス先生は二人の中国人と一人のルーマニア人の養女を育てていて、授業でもよくその話をした。そしていつも決まって「子供が出来ないことをずっと嘆いていたが、今は子供が出来なかったことを良かったと思っている。そのおかげで今の子供たちに出会えたからです」と幸せそうに話を締めくくるのである。

私は「養子」に馴染みがなかったので、「子供たちは差別を受けたりしないのか？」とぶしつけな質問をベス先生にしたことがあったが、先生は少し気を悪くしつつも「ない」と答え、アメリカでは養子を持つ人がたくさんいるのだと教えてくれた。

それから、去年の夏に取った語学学校のネイサンの授業でもこんなことがあった。その日、ネイサンは家の絵を描くように私たち生徒に指示を出し、私たちは不思議に思いつつも、ノートにおのおのサザエさんのエンディングに出てくるような似たような家の絵を描いた。ネイサンは生徒たちが描いた家の絵を一つ一つ満足そうに眺めながら、次にその家に住む家族の絵を描くように指示を出した。

またしても私たちは不思議に思いながら、父親、母親、そして子供の簡単な絵を各自ノートに描いた。ネイサンも白い紙に家と家族の絵を描いた。ネイサンが描いた家族は四人家族だった。大人が二人に子供が二人……だけど、それは私たち生徒が当たり前のように描いた四人家族とは少し違っていた。ネイサンの絵の中の家族は、親である大人は二人ともスカートをはいていたのである。

ネイサンは、家族の形は一つだけではない。物の見方は一つではないと私たちに教えながら、女同士、男同士の夫婦もあるし、今は彼らも子供を持つことだって出来るだろ？　と私たちに語ったのである。

だけど私は今、あの夏のネイサンの授業を思い出しながら、それはアメリカだから成立するのではないかと、思わずにはいられなかった。日本ではそんな多種多様な文化はなかなか成立しないし、だからこそ『出産』にまつわるさまざまな犯罪、閉塞感が蔓延しているように思われるのだ。

「赤ちゃんポストに捨てるくらいなら俺にくれよって思う」と、アメリカで出会ったあるゲイの男の子が私に言ったことがあった。彼は結婚したいし子供が欲しいのだそうだ。だけど日本人である彼にはそのすべてが難しいことなのである。だから、日本では『出産』という言葉はある人々にとっては喜びだけではなく、苦しみの感情をもたらす言葉ですらあるのである。

もしアメリカのように「養子」という選択肢が当たり前のように、自由にそこにあったなら救われる人もたくさんいるのではないだろうかと、赤ちゃんを胸に抱きながら私はそんなことを考えたのだった。

チチカット・フォーリーズの夜

「もちろん無料だよ。ウィスコンシン大学が映画を愛するすべての人のために配っているチケットだよ」

そう言って授業の後、カプレイ教授は毎年この時期に開かれているウィスコンシン大学のフィルムフェスティバルの上映映画のチケットを私に手渡してくれた。私の他にも何人かの学生がチケットをもらいにカプレイ教授の周りに集まっている。私は嬉しくて手渡されたばかりのピカピカのチケットをしばらく眺めていた。チケットには「十ドル」と書かれていた。それから「土曜　六時十五分　チチカット・フォーリーズ」の文字が躍っている。

『チチカット・フォーリーズ』！

私は嬉しくて何度もそのタイトルを眺めた。

『チチカット・フォーリーズ』！

それはドキュメンタリー映画の第一人者、フレデリック・ワイズマンの伝説のデビュー作品のタイトルなのである。「弁護士かつ映画監督」という異色のキャリアを持つワイズマンは、一九六〇年代にナレーション、サウンドトラック、テロップなどの説明手段を一切使わないという極めて実験的で挑戦的な〝ダイレクトシネマ〟という手法を用い、数々の素晴らしい作品を作った（今なお作り続けている）ドキュメンタリー映画界のドンである。

授業で彼の『法と秩序』という素晴らしい作品を観て以来、私はすっかりこのワイズマンの世界の虜になっていたのだが、この『チチカット・フォーリーズ』は、そんなワイズマンがマサチューセッツ州の精神異常犯罪者の矯正院の日常を撮影した問題作であり、その衝撃的内容から一般上映が長らく禁止されていたという作品なのである。

「セイコ、一緒に行かない？」

私が恍惚としてチケットを眺めていると、同じクラスのベリチアンナという中国人の学生が声をかけてきた。ベリチアンナはドキュメンタリー映画と日本語に興味のあるウィスコンシン大学の女学生である。高校生の時からアメリカに住んでいるので彼女にとって英語は第二の母語なのだが、今は日本語を習得したいらしく、ドキュメンタリー映画の授業に潜り込んでいる私に興味を持ってよく声をかけてきてくれるのである。

「それで、映画の前に一緒にディナーでもどう？」

と、ベリチアンナは誘ってくる。

私は一人で行くつもりだったが断る理由もないので、「もちろん」と快諾した。「映画は六時からだから、四時に会って、私のアパートで一緒に料理を作って食べない？」と、ベリチアンナはなんだか楽しそうな提案をしたが、私は赤ちゃんの世話のことを考えて「五時からしか会えない」と断った。すると彼女は「じゃあ、私が五時までに夕食を作る。セイコは何もしなくていいから五時に私のアパートに来て、一緒に私が作った餃子を食べよう」と提案してくれたのである。

私は即諾した。五時から中国人の女の子が作る本場の餃子を食べて歓談し、六時からずっと観たかったワイズマンの映画を観るなんて、なんて素敵な週末の予定だろう。

私はウキウキしながら土曜日、マディソンにある日本食材のお店でベリチアンナの家に持っていくお土産のどら焼きを購入し、家のことを片付けて、一人でバスに乗ってベリチアンナのアパートへ向かったのだった。

五時八分。

約束の時間より少し到着が遅れた私がアパートのドアをノックすると、顔中が汗だくのベリチアンナがアパートから出てきた。眉間も鼻の頭も、びっしりと大粒の汗が光っている。

「ごめんなさい。ジムでトレーニングしててシャワーを浴びていたの」とベリチアンナは言うが、どう見てもいまだ汗だくである。「とにかく座って」とベリチアンナは私を部屋に招き入れた。大きな可愛いベッドが部屋の中心にあり、横にキッチンの付いたワンルームの学生らしい部屋だ。部屋の端に長い机があり、その机には餃子の代わりにリンゴが三切れ皿に盛られていた。

「今日は本当に忙しくて、クレイジーな一日だったの！」

ベリチアンナはそう言って何やらバタバタしている。私は嫌な予感を覚えながら

「何か手伝おうか？」と聞いた。

「じゃあ、セロリを切ってくれる？」

そう言ってベリチアンナは鶏肉のミンチを冷蔵庫から取り出した。餃子の種を今から作るようだった。

私は時計を見た。五時十五分。ワイズマンの映画の上映は六時十五分である。映画上映まであと一時間しかない。だけど私には、今からベリチアンナに言われた通りセロリを切る以外選択の余地はなかった。


かくして私は、ベリチアンナと一緒にセロリを切り、餃子の種を作り、それを皮に詰め、ボイルし、食べる、ということを凄いスピードで行うことになった。

ベリチアンナは時々手を止めて喋ったり、彼氏の写真を見せてきたりして、餃子の種を皮に詰める際は「わーお、セイコってすごく速いのね！」と悠長に、私のスピード重視の醜い餃子がすごい速度で作られていくのを見て感嘆していたが、こっちは必死である。この日の映画を楽しみに生きてきたのだから、私はこのワイズマンの『チチカット・フォーリーズ』に一分一秒だって遅れたくはなかったのである。もっと言うと、余裕を持って十五分前には席に着きたかった。何が悲しくて、大好きな映画上映の四十分前に餃子をせっせと作らないといけないのか……。

だけど種を詰めながら、私はベリチアンナがカプレイ教授の授業や、授業で扱う映画上映の時、よく遅刻して部屋に入ってきていた姿を思い出し、自分が今日、人生の大きな選択ミスをしたのではないかと感じていた。そんな私の心境を知ってか知らずか、ベリチアンナはまた私の餃子を食べる速さに感心した。そして自分はフランス映画が好きで、好きな監督はアニエス・ヴァルダだ、と私に語った。

私はそんな会話もそこそこに、茹で上がったアツアツの餃子を五分で胃に収めると、六時ちょうどには玄関に行って靴を履いてドアを開けてみせたが、ベリチアンナはアパートの鍵を探し始めてなかなか玄関に現れなかった。

六時五分。

やっと二人で小走りでアパートを出発し、しばらく歩いていると上映会場が見えてきた（幸い彼女のアパートは大学のすぐ近くだったのである）。会場が見えてくると私は少しだけ安心し、歩く速度は緩めすぎないよう注意し、少し遅れて後ろを歩くベリチアンナを振り返りながら、「『5時から7時までのクレオ』は観た？」と聞いてみた。

ベリチアンナはきょとんとして「何？」と聞き返すので、私が「『5時から7時までのクレオ』……アニエス・ヴァルダの作品の……」と言うと、ベリチアンナは私に追いつこうと頑張りながら「フランス映画に詳しくないの」と、にべもなく言った。それから「そんなに急がなくても大丈夫よ」と私に笑いかけた。


結局、私の努力は報われ、私たちは映画開始二分前の六時十三分に会場に滑り込むことに成功し、私はワイズマンの『チチカット・フォーリーズ』を一秒も見逃すことなく楽しむことが出来た。期待した通り、映画はとても興味深いドキュメンタリーだった。ナレーションも、サウンドトラックも、テロップもない映像の連続。観続けるのは少し疲れる作品である。目をそむけたくなるような衝撃的なシーンもたくさんあった。

だけどそんな映画に夢中になっている私の隣で、ベリチアンナは眠りこけていた。こっくり、こっくり、横で単調にリズムを刻むベリチアンナの頭は、静かに、そして永遠に、映画が始まってから終わるまで、気持ち良さそうに揺れ動いていた。そして

『チチカット・フォーリーズ』が終わる数分前に目を覚ました彼女は、どこやらのパーティに顔を出すとかなんとか言うと、あわただしく闇の中へと消えていったのだった。

カプレイ教授の退官

「今日だよ！」

教室に来るなりカプレイ教授が私に言った。もう三回ほど言われているので忘れるはずがないのだけれど、私は「四時からですよね？」と確認する。カプレイ教授は大きく頷いて「ルーム四〇七〇だからね」と念を押した。

忘れるはずがない。今日はカプレイ教授の退官の記念講演会の日なのだ。最初にそのことを言われたのは三月上旬のとある授業の日だった。授業の始まる直前に教壇から私一人を手招きして呼び寄せたカプレイ教授は、この退官講演会の日程を個人的に知らせてくれたのである。そしてカプレイ教授は私に「デーヴィッド・ボードウェルも来るよ」といたずらっぽく言った。

デーヴィッド・ボードウェル。

それはマディソンで映画好きを気取っている人なら誰もが知っている名前である。もちろんマディソンでなくても、映画好きを気取っていなくても、知っている人は知っている有名人である。日本でも何冊か彼の本が翻訳されて出版されているし、ウィスコンシン大学の映画講義のいくつかは彼の本を中心に展開されている。デーヴィッド・ボードウェルはウィスコンシン大学が世界に誇る映画批評の生きた権威であり、この大学の映画を学ぶ豊かな環境に大きく貢献した人なのである。

だけどデーヴィッド・ボードウェルが来るということよりも、私はとにかくお世話になったカプレイ教授の退官の記念講演会なのだから、今日は雨が降ろうが槍が降ろうが這ってでも講演会には行かないといけないと思っていた。ただ、教授が毎回私にしかアナウンスしないので、今日の講演会の連絡メールのようなものが学生たちに送られていたりするのかどうか、同じクラスのベリチアンナに確認しようかと迷ったが、前回の『チチカット・フォーリーズ』のような展開になってはいけないと思いやめておいた。

いったいどんな講演会なのかもよく知らないけれど、カプレイ教授が熱心に誘ってくれるのだから行かないわけにはいかない。わくわくしながら、私は三十分前の三時半頃に大学に到着し、会場に向かった。講演会が行われる会場は私もよく知っている場所で、それはウィスコンシン大学の内部に併設されている歴史ある小さな映画館だった。

さて、会場に入るやいなや、私はいきなりデーヴィッド・ボードウェルに出くわしてしまった。というよりも、会場にはまだデーヴィッド・ボードウェルとその助手の二人しかいなかったのである。そして彼らは何やらわあわあと大きな声でスクリーンをチェックしていた。

とてもじゃないけれど中に入ってはいけないと判断した私は引き返し、何度も女子トイレと会場の入り口のあたりをウロウロと往復した。そしてやはり出直してこようと決意したところで、今度は早めに会場入りしたカプレイ教授にそんな姿を見つけられてしまった。

「すみません、なんだか早く来すぎたようで……」

ごにょごにょとわけの分からない言い訳をしている私に構わず、カプレイ教授は「こっちこっち！」と言って私を会場に招き入れた。会場にはいまだデーヴィッド・ボードウェルと助手しかいない。だが、逃げ出さんばかりの私の手を取って中に連れていくと、カプレイ教授はこともあろうに私をデーヴィッド・ボードウェルに紹介したのだった。

「ボードウェル！　こちらは日本から来たセイコだよ。素晴らしいシネフィルなんだ」

デーヴィッド・ボードウェルは作業の手をいったん止めると、面白そうに私とカプレイ教授を見つけて駆け寄り、「日本には四度行ったことがあるよ」とさわやかに私に向かって言った。「彼は小津安二郎についての本を書いてるんだよ」と横からカプレイ教授がとりなすが、私はもう光栄なのと緊張とでしどろもどろになり、「I know」と答えるので精一杯だった。

講演会が始まって気付いたが、集まっていたのは完全に大学の関係者だけだった。学生など一人も来ていない。ほとんどがウィスコンシン大学の映画学に関わるカプレイ教授の素晴らしい同僚やＴＡ、少数の親族で、あとはカメラ小僧が一人いるだけだった。だからきっと講演会というよりは内輪のイベントのようなものだったのだろう。とてもアットホームでカジュアルな楽しい講演会だったのだが、私はそんな素晴らしい講演会に参加しつつも、自分が場違いではないかと思い、終始、とにかく恐縮しきりだった。

主役のカプレイ教授はというと、デーヴィッド・ボードウェルと私を引き合わせた後、またもや、今度は奥さんのベティ・カプレイのところへ私を連れていき、紹介してくれたのだった。それだけではない。講演会が始まると冒頭の挨拶でたくさんの関係者に一人ひとりお礼を述べたのち、最後の方で「それから」と言うと、「皆は知らないと思うけれど、あそこに座っているセイコにもお礼を。日本から来た素晴らしいシネフィルです」と私をまた大々的に紹介してくれたのである。

いくつもの目が私に注がれ、知らない人がこちらを向いて「ハーイ」と手を振ってくれていた。最前列に座っていたデーヴィッド・ボードウェルも振り返って私を見ている。私は恥ずかしくて恐縮して、ぎこちない笑みを浮かべることしか出来なかった。

全くもって不思議なことだった。

この夢のような講演会の帰り道、バスに揺られながら私は、興奮冷めやらぬ頭の中でしきりに首をかしげていた。なぜカプレイ教授は、何の関係もない部外者の私に、こんなにも良くしてくれるのだろう……。

白井君がウィスコンシン州に赴任することになり、目的もなくウィスコンシン州マディソンにやってきたただの映画好きの主婦である。大好きな映画学を学ぶことに生きがいを見つけ、三セメスター、カプレイ教授の恩恵にあずかり無料で講義を拝聴し、その合間に子供を産み、産んでもなお授業に通ってきたよく分からない日本人が珍しかったのかもしれない。

カプレイ教授は講演会の後、「日本に帰っても連絡を取り合おう」と、これまた嬉しいことを私に言ってくれた。こんな素敵な出会いがあるだなんて、誰が二年前に想像出来ただろうか？

あと一週間でカプレイ教授の四十年の教員生活は終わる。そしてまた、あと二か月で私たちのマディソンでの生活も終わる。だけど人生というのは本当に不思議で何が起こるか分からないものだと、私はバスに揺られながら、今日という日ほどそれを嚙みしめた日はなかったのだった。

パニカとトニのこと

タイ人のパニカが結婚した。五月初旬のことである。パニカは語学学校のすぐ近くにある州会議事堂の中で、とてもカジュアルな結婚式を挙げた。新郎はずっと一緒に暮らしていたアメリカ人のトニである。同席者は語学学校のフロントデスクで働くタイ人のプンとその夫のケビン、それから語学学校の友人である私と韓国人のユン、そして結婚式の進行役の女性の五人だけである。

私とユンはたまたま式の前日にパニカとメールをしていたことで知らされただけだったので、もともとは契約書に立会人としてのサインが必要だったプンとケビンだけの予定だったのだろう。結婚式というよりは、結婚の手続きに立ち会うという感じで、十分ほどで終わった。だけどそんなあっさりした式にもかかわらず、私は一年以上友人だったパニカの晴れ姿を見て、込み上げてくるものをおさえることが出来なかった。

私がパニカに出会ったのは昨年の三月だった。パニカはタイでアメリカ人のトニと恋に落ち、彼を追いかけるようにしてマディソンにやってきた。三十四歳だった。なかなかいい年齢である。だけどパニカはタイでの仕事を辞め、いつタイに帰国するのか、帰国してから何をするのかも全く考えずに、ただ時間とお金の許す限り、トニのアパートから語学学校に通う無鉄砲な子だった。

その上、勉強熱心なタイの生徒が多い中、パニカはびっくりするほど勉強嫌いだった。熱心に英語の勉強をしないので、喋っていても何を言っているのか分からないのがパニカの特徴で、「何を言ってるのか分からないから、付き合いたくない」と陰でパニカのことを悪く言っている女の子もいたし、恋人であるトニでさえもパニカが喋るのを黙って聞いた後に、「何を言ってるのか全然分からなかったよ」と優しく囁いていることがあった。

誰もパニカが英語で何を話しているのか理解出来なかった。だけどパニカは英語を上達させたいわけではなくて、ただトニと一緒にいたくてマディソンにいるだけの、愛に生きる女性だったので、パニカの純粋な愛の前には、「語学習得」というものは何の意味も持たなかったのかもしれない。

だけど、語学学校に通っている限りそんな綿菓子のような甘いことは言ってはいられなかった。私たちの通う学校はアカデミックなコースを取ると、山ほど宿題が出る。パニカは毎日厭々ながら宿題をこなし、時にクラスをリピートしながらも少しずつ英語を上達させざるを得なかった。しかし勉強嫌いのパニカである。だいぶ英語が上達したところで、もうアカデミックな厳しいクラスを取るのをやめ、宿題の出ない簡単なクラスばかりを取るようになった。六〇〇のレベルまで進むと、次は大学進学レベルの七〇〇の最終クラスとネイティブが通う「ティーチャー・トレーニングプログラム」が残されているのみだったからである。パニカはそんな上級のクラスに行って毎日宿題漬けになる気なんてサラサラなかった。

だけどそのうち、パニカは簡単なクラスをすべて取ってしまい、セッションの始まりにいつも、語学学校のフロントデスクでうつむきながら、次のセッションで選択する授業を悩むようになった。アカデミックではないクラスはどれも二度ずつ取ってパスしたのだとパニカは暗い顔で言った。でもビザの関係上、パニカはフルタイムで授業を受けなくてはいけなかったのだ。

私はそんなパニカに、近くのコミュニティカレッジに進学したらどうか？　と勧めたこともあった。コミュニティカレッジなら語学学校よりも授業料は安く、授業も厳しくないのが特徴で、多くの生徒が語学学校で六〇〇をクリアした後に進学している。けれど私がその話をしているのを、毎回パニカに上級のアカデミックなコースに進むように指導しているフロントデスクのプンに聞かれてしまい、「パニカはまず英語を勉強すべきなのだ。一年近くいてパニカは全然喋れるようになっていない。勝手なアドバイスはするな」と、なぜか私一人だけ後でプンに怒られたことがあった。

結局パニカはぐずぐずと遊びのような授業を何度もリピートして、先の見えない恋の終焉を先延ばしにしていた。私はそんなパニカに何度も「トニと結婚したら勉強しないでずっとマディソンにいられるよ」と言ったことがあった。トニ本人にも言ったことがある。そう言うと、パニカはもちろん結婚したそうに微笑んだが、トニの方は少し様子が違っていた。トニはずるい男だったのである。

トニはいつもパニカに「先のことは分からない」とか「来年、君はタイに帰ってるのかな？　分からないけど」などと言って、自分たちの関係を曖昧にしていた。トニはとてもハンサムで頭の切れる男だったが、私はそんなことをパニカに言うトニを、密かに残酷な男かもしれないと思っていた。だらだらと月日だけが過ぎ、パニカは三十五歳になってしまったからである。

私は、毎度暗い顔をして授業の予定を作るパニカを見ながら、彼女はいずれタイに一人で帰るのだろうと思っていた。アメリカでしたいことがあるわけではない。お金も時間もそろそろ限界だろう。誰もがそう思っていた。そしていよいよ、トニと別れてタイに戻るだろうと思われた頃、パニカの妊娠が発覚したのだった。

今日、少し膨らんだお腹を抱えて、白いワンピース姿で州会議事堂にトニと手をつないで現れたパニカは、とても美しかった。予期せぬ出来事のため、親戚や友人などのほとんどいない寂しい結婚式だった。進行役の女性も、ぼさぼさの髪の毛に普段着というカジュアルな恰好で、州会議事堂の渡り廊下に着くと「この辺でするのはどう?」と言った。

それでもパニカはすごく幸せそうにトニにぴったりと寄り添い、州会議事堂の渡り廊下でトニと向かい合わせになって立った。私たちが見守る中、進行役の女性がトニ

に向かって、

「パニカを妻とし愛し続けますか？」

と、問いかけた。

一瞬、パニカは震えながら恐る恐るトニを見つめた。だけどトニはそんなパニカの手をしっかりと握りしめたまま、

「イエス、アイドゥ」

と、静かに、優しく囁いた。

パニカの目から大粒の涙が次から次へとこぼれ落ちるのが見えた。すると「宿題が好きじゃない」と言ってフロントデスクでうなだれていたパニカの姿が私の脳裏をよぎり、私の目からも涙が溢れてきた。だけど今日、どんな形であれパニカの愛は成就したのである。

九回裏、パニカは黙って愛の逆転ホームランを見事に打ち放ったのである。

（余談だけどパニカはやっぱりもう少し英語を勉強するべきだった。肝心なところで進行役の英語が聞き取れず、誓いの言葉をうまく言えていなかったからだ。でもとて

も素晴らしい結婚式だった）

マグカップが必要だと言ってくれ

帰国も目前に迫ってきた初夏のある日、白井君が車で遠出しようと誘ってきた。マディソンから車で西へ行くとウィスコンシン州に隣接するアイオワ州のダビュークという街がある。そこに行けばミシシッピ川が見られるし、ダムもあるから行かないか、とのことである。

私はあまり心が動かされないままに「うーん」と生返事をしていた。だけどそんな私に白井君は「ダビュークのスターバックスに行こうよ」とさらに誘う。

「アイオワ州のスターバックスだよ」

アイオワ州のスターバックス……。それを聞いて、今度は私が前のめりでオーケーを出す番だった。

思えば、あれは一年ほど前の出来事である。私たちは、縁あって同じ時期にマディソンに引っ越してきた日本人の夫婦の家に招待されたことがあった。住んでいるアパートも近く、いろいろなタイミングが似ていたので、私たちは時々家族ぐるみで仲良くしていた。家に招待されたのは初めてのことだったが、実はその頃、私もその奥さんも妊娠しており予定日がすごく近かったので、他愛ない話をしながらもお互いの来る出産の話などもして、私たちは歓談し、くつろいでいた。そして奥さんがお茶の用意をするべく、台所から四つの大ぶりのマグカップを持って現れた時、妙にそれらが私たち夫婦の目を引いたのだった。

「スターバックスのユー・アー・ヒア・コレクションですよ」

会話を中断してマグカップに見入る私たちに、夫婦は「あ、気付いちゃいました？」とばかりに笑ってこう言った。

「集めているんです」

可愛いカラフルな色違いのマグカップには、なるほど控えめにスターバックスのロゴが入っていた。そしてよく見るとそれぞれオシャレなデザインとともに「シカゴ」

ンや「マイアミ」の文字が見える。シカゴ、マイアミ、ラスベガス、ウィスコンシン……。それは、スターバックスが全米の州と都市で作っているオリジナルのご当地マグカップだったのである。

その夜、帰宅した私と白井君は一年間あのマグカップの存在に気付いていなかったことを猛省したものだった。それまでにサンフランシスコやロサンゼルス、ヒューストンなどを訪れており、マグカップを集めるチャンスは幾度もあったのにそのすべてを棒に振ってきたという敗北感に打ちのめされていたのである。彼らが着実にアメリカでの旅行の思い出として、戦利品のマグカップを集めている間、私たちは何をぼんやりしていたのだろう。

次の日、私はさっそく近くのスターバックスで「ウィスコンシン」のマグカップを買った。そしてその日から、ドラゴンボールを集めるかのごとく、このユー・アー・ヒア・コレクションのマグカップ集めが、私たちの使命にも似た趣味になったのだった。だから、アイオワ州のスターバックスと言われると、私は行かずにはいられないと思ったのである。

ダビュークは、マディソンから車で一時間半のうらぶれた田舎町だった。ミシシッピ川に面しているので、国立ミシシッピ川博物館というものがあって、私たちはとりあえずそこに行くことになった。

豊かなミシシッピ川の歴史や生態を細かく知ることの出来る博物館には水族館も併設されており、私たちはここでミシシッピ川に生息しているというたくさんの魚や巨大な亀を見たり、エイと触れ合うコーナーで遊んだりして過ごした。博物館での白井君の喜びはひとしおで、そもそもミシシッピ川の研究に興味のある彼は、よく分からない歴史や地図などのコーナーでもいつになく楽しそうに顔をほころばせ、私が「そろそろ行こう」と言ってもなかなか動こうとしなかった（そもそも彼がダビュークに行きたがった第一の目的は実はスターバックスではなかったのである）。

だけど私のこの旅の目的はマグカップである。そうこうしながら、私たちは博物館を後にし、ついにスターバックスへと赴くことになった。

これまで、私たちはシカゴ、イリノイ、ウィスコンシン、デトロイトの四つのマグカップを入手していた。そのうちデトロイトはシカゴへ行く途中のサービスエリアでなぜか売られていたのを見つけて購入したものだったのだが、ここにアイオワのカップが加えられるのだと思うとわくわくした。全部の州を制覇することは無理だとしても、こうやってマグカップを買っていれば私たちがどの州を訪れたのか忘れないし、何よりとてもいい記念になる。買い損ねたサンフランシスコやロサンゼルスなどの都市は残念だったけれど、こうして今また新たにアイオワ州ダビュークで思い出が増えようとしている。

私はウィスコンシン州のマグカップを思い出した。それは内側が少しくすんだ草色をしていて、外側にはマディソンのシンボルである州会議事堂の絵とともに、牛やチーズが描かれたウィスコンシンらしい可愛いデザインだった。ではアイオワ州のユー・アー・ヒア・コレクションはどんな色でどんなデザインをしているのだろう?

そんなことを考えながら訪れたダビュークのスターバックスに、私の求めるユー・アー・ヒア・コレクションらしいマグカップは見当たらなかった。

しばらく店内をきょろきょろと見回した後、店員さんに尋ねると、「ない」と言われ、「前にもそういうこと聞かれたのよね」と、彼女は不思議そうに付け加えた。

私と白井君は仕方なくアイスのカフェラテを注文し、飲みながらソファでうなだれていた。でもここまで来たのだから、こうなったらマグカップの売られているお店を徹底的に探すしかない。私たちは他のスターバックスへの道のりをグーグルで調べることにした。帰りが少し遅くなるけれど、違うスターバックスのお店に行こうと二人で決めたのである。どうしてもアイオワ州のマグカップを買って帰りたいのである。

私はトイレに立った。そして戻ってきた時である。白井君が何やら興奮気味に私を手招きし、自身の iPad を指しながらあるサイトのページを見せてきたのだった。見るとそれは、Change.org というサイトで、インターネット上で賛同者を募って企業や政府に何かしらの働きかけを行うというキャンペーン立ち上げサイトだった。

『スターバックスにアイオワ州のユー・アー・ヒア・コレクションのマグカップが必要だと言ってくれ！』

白井君が見せてきたページはこんな一文から始まっていた。それから、いかにアイオワ州が素晴らしい場所であるか、だけどスターバックスのマグカップがいまだに作られていないこと、そしてその理不尽さについて、滔々と語られていたのである。

「アイオワ州にマグカップを！」

署名活動も行われていた。コメント欄を見ると、「くそ！　ウィスコンシンにはあるのにアイオワにはないの？」とか、「本当にアイオワ州のマグカップが必要！」というコメントが寄せられており、アイオワ州だけユー・アー・ヒア・コレクションのマグカップを作ってもらえないということに対する彼らの憤りがひしひしと伝わってきた。

惜しむらくは、このサイトのキャンペーンはもう終了しているということだったが、もちろん私たちもそのキャンペーンの賛同者の一人になるべき存在だった。ここまでマグカップを買いに来たのに、そもそも作られていなかったということに驚かされたからである。

サイトでは二十二人の勇敢な人々がマグカップを求めて署名をしていた。ということは、私たち二人を含めると全米の二十四人の人々が、アイオワ州にだけスターバックスのマグカップがないのを心の底から嘆いているということになるのである。

アイオワ州にユー・アー・ヒア・コレクションのマグカップを！

マディソンに戻りながら、私たちは切実にそう願ったのだった。

マイアミの思い出

「あなたの旅行の経験について聞かせてください」というメールが悪名高きユナイテッド航空から届いた。メールの文面にある『旅行の経験』とは、数日前に家族三人で行ったマイアミ旅行のことで、『聞かせてください』とは、その帰りのシカゴ行きの飛行機のことである。

もちろん、その飛行機について聞かせられる何かとは十八時間近くに及んだ飛行機の遅延の話であり、ユナイテッド航空は私たち乗客にそのお詫びとして一人七十五ドルぽっちのユナイテッド航空の次回割引券を発行したのみだった。遅延理由は悪天候だから仕方ないのかもしれない。そもそもマイアミは雨期である。私たちの滞在中は幸運にも晴れ間の多い日が続いたが、最終日のその日は朝からどうも雲行きが怪しかった。

だけどその日、私たちは午後三時に飛び立つはずの飛行機を空港で六時間近く待った挙句、「今夜のフライトはキャンセルで、どこのホテルももう空き部屋がありません。明日の朝九時に来てください」という他人行儀なアナウンスとともに夜のマイアミに放り出されたのである。

後から思うと、「どこのホテルも空き部屋がない」というのはユナイテッド側の法螺話だったのだが、やにわにパニックになった搭乗口では我先にとインターネットでホテルを探す人やスタッフに駆け寄る人でごった返していた。

私は赤ちゃんを連れて空港で宿泊するわけにはいかないと必死でホテルを探し、一番にヒットした安宿に飛びついたのだが、その日冷静さを欠いて予約したホテルは小汚く、部屋は泣けてくるほど寝苦しくジメジメしていた。だけど時計はもはや深夜を回り、外はざざぶりの雨である。疲れの取れないまま、次の日やっとのことでシカゴに飛んだ後、車で三時間かけてマディソンの自宅まで戻ってきた私たちは、楽しかったマイアミでの夏の思い出が掻き消えるほどに疲労困憊する中、ユナイテッド航空からこの一通のメールを受け取ったのだった。

だからこの旅行の経験で思い出されるのはそんな苦労話だった。そもそもマイアミでは特に何をしたということもなかったからだ。

私たちはマイアミビーチに行き、レンタカーでドライブをし、ホテルのプールで寝そべり、メキシコ料理やキューバ料理に舌鼓を打ち、ブラついていただけだった。ちょっと良いホテルに泊まってマイアミのダウンタウンとプールとビーチをただ練り歩いていた。

マイアミは中南米からの移民が多く、ホテルの従業員やタクシーの運転手などはたいていがヒスパニック系で、そこら中でスペイン語が飛び交っていた。もちろん南米系のご飯は絶品だったけれどニューオーリンズに行った時ほどの融合された濃い文化の発見を見たわけではなく、特に見るべき面白いものがあるわけでもなかった。時々顔の濃い白井君がヒスパニック系の労働者から気軽にスペイン語で「Hola!（こんにちは！）」と声をかけられて、同業者だと思われているのが面白かったくらいである。

そして最後の最後で飛行機のトラブルに見舞われたというわけである。

だけどただ一つ。そんな苦い思い出とともに、私たちには忘れられないマイアミの素敵な思い出があった。

最終日の前日、夕食のために夜のダウンタウンに繰り出そうとしていた時のことである。私たちはホテルのエレベーターで不思議な二人組の男性と乗り合わせたのである。

それは背の高い紳士とその人よりは少し背の低い紳士の二人組だった。背の高い方の紳士は大柄で体格も良く、浅黒い肌をしたハンサムな男性で、エレベーターに乗り込むと、すぐに私たちのベビーカーをひょいと覗き込んで「何か月？」と快活に尋ねてきた。エレベーター内はその二人の紳士と白井君、そして私と赤ちゃんの五人だけである。もう一人の連れの男性は、少し控えめにエレベーターボーイのようにして立っている。

私が「五か月です。アメリカ生まれなんです」と紋切型の返答をすると、背の高い男性は「それはいいね」と言って、また私たちの赤ちゃんを興味深そうに覗き込んできた。ベビーカーではついさっき寝入った赤ちゃんがいぎたなく足を広げて眠りこけている。

「僕のワイフも今妊娠中なんだよ」

と、その紳士が私たちをまっすぐに振り返って言った。とてもハンサムで好感の持てる顔だった。

「おめでとうございます」

と、咄嗟に白井君と私が声を合わせて言うと、「君たちこそおめでとう」と彼はさわやかな笑顔を見せた。

それはエレベーター内の数十秒ほどの会話だった。そこでエレベーターが地上に着き扉が開かれたからである。エレベーターボーイのように立っていたもう一人の紳士が私たちに先に出るように、と手でドアを押さえて促してくれた。私たちはお礼をのべ、ベビーカーを押して先にエレベーターを出た。

ふと振り返ると、その背の高い方の紳士が私たちとは反対方向の道へ颯爽と消えていくのが見えた。私はその姿を見送りながら、とてもフレンドリーでなんとも不思議な魅力のある人だと思ったが、それもそのはずである。その去りゆく後ろ姿こそ、アメリカ人ならば誰もが知っているメジャーリーグのスーパースター選手、デレク・ジーターその人そのものだったからである。

私たちはエレベーターを降りて数分後、たまたま近くを歩いていたアメリカ人の青年にあの紳士がデレク・ジーターであることを知らされた。

彼が妊娠中だと語った妻とはモデルのハンナ・デービスのことだったわけで、だから、私と白井君はそのデレク・ジーターに偉そうにも「おめでとう」などとマイアミで先輩風を吹かせたというわけである。

さらばマディソン

六月。

マディソンは、夕闇に無数の蛍が飛び交う美しい季節である。この時期、マディソンに点在するいくつかの美しい湖はその水面に白と青の空の色を映し込みたくさんのカヤックやモーターボートを浮かべて、まるでモネかルノワールの絵のような美しい姿を見せる。

この頃、九時頃まで日は落ちないので、遠くの方から野外ライブの演奏がいつまでも楽しげに聞こえてくる夜もある。そうしてその音が消えたかと思うと、今度は薄暗がりの中、どこからともなく蛍の光がほうぼうで舞い上がり、そこら中で彼らのひと夏の求愛が始まるのである。穏やかでこの上なく美しい季節である。

二年前の二〇一五年、私はこの夏のマディソンに白井君と二人で降り立った。右も左も分からぬ異国の地で最初に感動したのは何よりもまず、アメリカの、マディソンのこの自然の「豊かさ」だった。そしてその羨望は二年経った今もなお、ますます募るばかりである。

これが戦争をしている国だろうか？　マディソンでの豊かでのどかな生活は、自分がこれまで抱いていた「アメリカ」という大国への考え方を根本から覆すものだった。穏やかで平和で安全でクリーンでインターナショナルな学園都市であるマディソンには、あらゆる国の人々が住み、それぞれがそれぞれの文化や歴史に敬意を払いながら、思い合い、助け合って生きていた。

夕暮れに行き交う人々は、知り合いではなくてもにこやかに挨拶を交わし、時に冗談を言って、笑い合って去りゆく時もあった。お金がなくて困っていた日、洗濯乾燥機用のクオーターコインを二ドル分、無償でくれた人もいた。自動販売機でポテトチップスを買おうとしたら、商品の補充をしていた業者の人からポテトチップスをもらったこともある。赤ちゃんを連れていて知らない人から声をかけられることや、ドアを開けてもらうことにも、私はすっかり慣れてしまった。

寛容で、いい意味でルーズでカジュアル。「マディソンは田舎で刺激がないからつまらない」と言う人もいる。だけどそれは、代わり映えのない至極の美しさに慣れてしまった人の惰性に他ならない。マディソンの良さは、人々の人間性も含め、優しくて素朴という点でもあるからだ。

だから結局私は、アメリカに来る前に想定していた「怖い思い」（ヤンチャな人たちにリンチされるとか、「イエローモンキー」と罵られて石を投げつけられるとか、白井君が銃で撃たれて死ぬとか）を経験することもなく、この豊かなマディソンの土地に染みわたる国際色豊かな養分を十二分に吸い込み、学び、笑い、人生で最も楽しかったと言っても過言ではない二年間を過ごすことが出来たのである。

あとがき

これは、二〇一五年七月から二〇一七年六月までの私のアメリカでの生活を綴ったブログ『ウィスコンシン渾身日記』に加筆修正をして再編集したものである。

帰国してすぐに幻冬舎の大島さんよりこのブログの書籍化のお話をいただくという僥倖に恵まれた私は、思いがけずこの二年分の自身のマディソンでの日記を再読するという機会を得たのだが、いざ読み返すと、当時は気付かなかったお粗末な点がたくさん浮かび上がり、私はさっそくあれこれと赤ちゃんが寝た合間を縫って手直しをする日々を送った。

赤ちゃんが寝てからという限られた時間の中で進めるこの作業は思っていた以上に大変さを極めたが、その一方で、こうしてもう一度大好きなマディソンでの話を一つ一つ思い起こすという作業は、私にとってとても幸せな時間でもあった。毎晩赤ちゃんが眠りにつくと、闇に紛れてダラルやアハメ、カプレイ教授や語学学校の先生たちが私の部屋をノックしては遊びに来た。そして彼らは勝手気ままに部屋を歩き回ってはお喋りを始め、私にあの頃の楽しかった日々をまざまざと思い出させてくれたのである。

ところで、この二年間、私は一度も日本に帰国しなかった。そのことに関して、私はずっと自分にも周りにも「自分は二年間帰国出来ないのだ」と言い続けていたし、ブログでもそう記している部分があった。だけど実際は「二年間日本に帰国出来ない身」なのは白井君だけで、実は私だけなら帰国しようと思えばいつでも出来たのである。

でも私にはどうしても「帰国出来ない」のっぴきならない理由があった。それは、もし途中帰国するとなると、「一人で」日本までの飛行機に乗らなくてはいけなくなるという点だった。

この歳で何を言っているのだと思われるかもしれないが、実は私は飛行機がすごく怖いのである。これまでの人生の中で何十回と飛行機に乗っているけれど、いつも

「これが最期……」と思いながらお守りを片手に乗る。そして乗る度に少しでも揺れを感じたら、真っ逆さまに落ちていく飛行機を想像し心拍数が上がってしまうので、誰かに側にいて気を紛らわしてもらわなくては飛行機に乗ることが怖くて怖くてしょうがないのである。

だいたい「本当に帰国出来ない白井君」は私が帰国したいと言い出しても絶対に一緒に飛行機には乗ってくれないだろう。だから、一人で飛行機に乗れない私がいくらホームシックになって帰国したくなったとしても、日本に帰国出来るはずがなかったのである。

それから、私が怖いのは飛行機だけではなかった。私は、アメリカはものすごく怖い場所だとも思っていた。白人も黒人も怖かったし（なぜか想像の中ではいつも白井君がギャングにリンチされたり銃で撃たれたりしていた）、冷え性なので極寒のウィスコンシン州の冬も怖かった。あんまりにも私が怖がるので、「一人で日本に残るという手もあるよ」と、白井君から一応渡米前に打診されたこともあった。そしたら「帰国出来ない」と嘆く心配もない。アメリカでの生活を怖がる必要もない。

だけどその実、私は一人で日本に残るという選択肢もまた怖かったのである。だって、一人で日本に残って夏にゴキブリが出た場合、自分で処理しなくてはいけないと思うと夏が怖いし、一人暮らしをしていて何か怖いことが起こったらどうしたらいいのだろう。空き巣が入るかもしれない。お化けが出るかもしれない。想像を超えた恐怖が私を待っているかもしれない……。

だから、白井君のアメリカ行きが決まってからというもの、私はとにかくいろんなことに毎日ビビっていた。アメリカに行くのは怖いけど、一人で日本に残るのも怖い……。

でももちろんそのすべてが取り越し苦労だった。マディソンは平和な街だったし、私たちは見事、二年間生き抜いたのである。

そしてこれは二年前、私がそんな風に、渡米を前にあまりにも途方に暮れていた頃、内田先生からいただいた「ブログを書く」というプレゼントのもと生まれた本である。アメリカで何をしたらいいのか分からないと嘆く私に、「何か書くかい？」と先生は言ってくださった。そしてそれがその後の二年間、私の中で大きな生きるエンジンとなって回転し続けたのである。

最後に、空っぽの私の背中を押してくださった内田先生にはいくら感謝してもしきれないけれど、ここに改めてお礼を申し上げます。二年間毎月毎月私の日記を読み、ブログにアップしてくださり、本当にありがとうございました。

それから二年間支えてくれた家族と、帰国してからお声がけくださった幻冬舎の大島加奈子さんの大変なご尽力にも感謝申し上げます。本当にありがとうございました。

往復書簡

内田樹→白井青子 ①

白井さま

こんにちは。内田樹です。

『ウィスコンシン渾身日記』刊行おめでとうございます。

青子ちゃん（でいいよね）がアメリカに行く前にあまりに不安そうだったので、「日記」を書いて送ってくれたら、ブログの「長屋」のところにアップするからと言って送り出したのはかくいう僕です。

本の「ボーナストラック」として往復書簡を収録するということになりましたので、こうやっていまお手紙を書いております。本の「おまけ」ですから、これはもちろん本を買った読者の方々がお読みになるわけです。でも、みなさんはどうして僕がここでこんな文章を書いているのか理由がよくわからないと思います（「あとがき」には少し事情が書いてありますけれど）。ですから、最初に、ちょっとだけ読者の方に、どうして僕がここに出てきたのか、その理由をご説明しておきたいと思います。

青子ちゃんは僕の大学のときのゼミの教え子です。ご夫君の白井君とめぐりあったのも、僕の大学院のゼミでした。その縁もありまして、お二人の結婚披露宴には新郎新婦両方の主賓という前代未聞のステイタスでお招き頂きました。披露宴は御影の蘇州園で行われたのですが、そこを選んだのは「内田先生が披露宴の日を忘れていた場合でも、電話すれば家から十分もあれば駆けつけられる」という実利的な理由からだったそうです（いささか話を作っているとは思いますけれど、そう言われると「そうかもしれない」と思えるような話を作るのも物書きにとってはたいせつな資質です）。

結婚後は白井君の仕事の関係で日本国内をあちこち転勤していましたけれど、関西に来た時には必ず僕の家に顔を出して、近況を面白く語ってくれました。

その青子ちゃんが白井君の留学についてアメリカに二年間行くことになりました。未知の国に、特段の用事もない身分で行くわけですから、青子ちゃんにとって「モチベーションが上がらない」のは当然です。そこで「日記を書いたらどう？」とご提案しました。

海外で暮らすと、とにかく「事件」が相次いで起きます。「なんだよ、これは…日本じゃこんなこと、ありえないでしょ」というタイプのトラブルに頻繁に巻き込まれます。それを「ネガティブな経験」として受け止めると、心身の健康によくありません。ですから、それをむしろ「面白がる」という態度で暮らした方がいいんじゃないか、というのが僕からのアドバイスでした。

「ねえねえ、信じられる？　こんなことがあったのよ」というふうに話ができる場がどこかに確保されていて、話を面白がってくれる聴き手がいると思うと、トラブルの渦中にある時でも、かなり冷静に事態に対処できます。細部まで記憶して、後で再現しようと思っているわけですから、パニックになるということがあまりない。パニックになった時でも「あ、私はいまパニックになっていて、判断力がなくなっている。だから、ふつうなら思いつかないことを思いついて、ふつうならしないことをしている」とちょっと距離をとって観察したり、記述したりすることができる。これは「トラブル対処法」としては、きわめて効果的なものです。

この世に、紀行文とか旅行記というのがたいへん多いのは、「旅先で遭遇した出来事をことこまかに記録するという習慣を持っていると、旅先でのトラブルを回避できる可能性が高まる」という経験則が知られているからではないでしょうか。

かの、冷静にして沈着なクロード・レヴィ=ストロースは『悲しき熱帯』というブラジルのマトグロッソでのフィールドワークノートを残しています。これはレヴィ=ストロースが書いたたぶん唯一の旅行記ですが、その冒頭には後にひろく人口に膾炙（かいしゃ）した有名な言葉が記されております。こういうものです。「私は旅と探検が嫌いだ。だが、今私はそれについて語ろうとしている」

レヴィ=ストロースがブラジルの密林で行ったフィールドワークは、新石器時代と変わらない生活をしているインディオたちの集団に同行することでした。どれほど驚嘆すべき経験に満ちた旅だったでしょう。レヴィ＝ストロースは克明に日記をつけたはずです。もちろん後で研究をまとめる時に必要だからですけれど、『悲しき熱帯』はきわめて分析的で論理的な日記です。ジャングルの中で、インディオたちの生活ぶりを記録するためだけなら、これほど深遠で、修辞的に華麗な文章を書く必要はありません。だから、この日記はたぶんインディオたちの生活ぶりを記録するためというよりはむしろレヴィ＝ストロース自身を正気に保つために書かれていたのではないかと僕は思います。日々受ける文明史的な衝撃を緩和するために、彼は見聞きしたことそのものと同時にそれを前にした時の自分の感情の動揺も併せて記述したのです。記述することで自分自身をクールダウンしようとした。たぶんそうだと思います。過酷なフィールドワークを生き延びるためには、そのような知的な営みが必要だったのです。だから「旅と探検が嫌いだ」と言いながら、「それについて語る」ことを止めるわけにはゆかなかった。

僕自身も海外に長く旅行する時はだいたい日記をつけます。ふだんは日記なんかつけないのですが、海外旅行中はつけます。次々と「事件」が起きるからです。レヴィ＝ストロースほどではありませんが、それなりのカルチャーショックを受けることはしばしばあります。それをこまごまと記録する。すると感情的なたかぶりとか、怒りとか、苛立ちとかが沈静する。別に異文化理解を深めるとかそういう向上心によるのではなく、自分の精神の安定を保つために書くのです。

現に、人跡未踏の土地に旅する人はしばしば旅日記をつけます。それは多くの場合、たいへんに面白い。それだけ日々の出来事を記録するという行為が生き延びる上で切実だからだと思います。ピョートル・クロポトキンの『ある革命家の手記』も北杜夫の『どくとるマンボウ航海記』もチェーホフの『サハリン島』も、そういう切実さゆえに例外的な文学的深みに達している。

僕が青子ちゃんに「ウィスコンシンでの生活について日記を書いたら？」と提案したのは、口ぶりはカジュアルですけれども、実は教え子の身を案じてのことなのでした。

それからもう一つ。この本をお読みになった方は同意してくださると思いますけれど、青子ちゃんには「文学的才能」があります。どんなものを書いてくるか、それが僕は楽しみでした。学部の卒論を読んだ時に、「書くなあ」と感心しました。ふつうの学生よりも踏み込みが一歩深かったのです。自分の好き嫌いとか良否の判断を一時的に「かっこに入れて」、目の前の主題を論じることができるからです。理解できないことについても、「私には理解できない。終わり」ではなく、「なぜ私にはこれが理解できないのか？」という一つ次数の高い問いに繰り上げてゆく力がある。

ですから、もっといろいろなものを書かせたいなと内心思っていたのです。でも、そういうことをうかつに言うと人生を誤る人もいるので、黙っておりました。そしたら、アメリカに行くと言う。おお、これはよい機会だ。日記を書かせよう。多少は異郷での暮らしの支えにもなるだろうし、書く力もきっと身につくはずだ、と思ったのです。

予想通りというか、予想以上に面白いものをどんどん書いてきてくれました。これを僕のブログにアップしておいたら、そのうち好奇心の強いどこかの編集者がふらふらと迷い込んできて、「おお、これは面白い。うちで出版しよう」という話になったらいいな…と虫のいいことを考えていたのです。そしたら、幻冬舎の大島さんからめでたく出版のお申し出がありました。ブログでの日記連載が始まってから半年くらい経った頃だったかと思います。もちろん僕は大喜びしましたけれど、青子ちゃん本人に知らせると、緊張してしまって、これまでのような面白いものが書けなくなるリスクがある。これまで通り、とりあえずの読者は僕やゼミの同期の仲間あたりを想定して気楽に書いてもらう。ですから、青子ちゃんにはアメリカから帰ってくるまでこの話は黙っておりました。

というような事情があって、この本が出版され、その「ふろく」として僕と青子ちゃんの往復書簡がこうして収録されるということになったわけです。事情はおわかりになりましたでしょうか。

はい、というわけで「読者への説明」はおしまいです。青子ちゃんにも教師としていろいろと伝えておきたいことがありましたが、それはちゃんと書いておきました。

では、ご返事待ってます。

白井青子→内田樹 ①

内田先生

先生、こんにちは。
先生のおかげで、ウィスコンシンより正気を保って帰還することが出来た白井青子です。お便りありがとうございます。

ところで、この往復書簡を始めるにあたって、何よりもまず、先生が私のことを「教え子」だと言ってくださることに関して、先生にお礼申し上げたいと思います。このお便りの中でも「教え子」と言ってくださっているのですが、先日、幻冬舎の大島さんとご挨拶に伺った際も、先生の口から「教え子」とのお言葉をいただき、私は飛び上がるほど驚いて、心の底から幸せな気持ちになったのを思い出したからです。もちろん、私は神戸女学院の卒業生で、先生のゼミ生でもあったわけですが、考えてみたら生徒というのは勝手に入学（入門）してくるもので、先生のお立場から「生徒を選ぶ」ということは出来ません。きっと中には「教え子」と認定したくない子なんかも居て、それは私かもしれないし、「教え子」という言葉を使わなくても、「ただのゼミ生」とか「ただの卒業生」といったもう少し他人行儀な言葉でのご紹介もあり得たと思うのですが、それでも先生は私に「教え子」という言葉を選んでくださいました。

だからあの日、先生の口から「教え子だから」と言っていただいた瞬間、私は自分の立ち位置を見たような、うれしい恥ずかしい気持ちになったので、どうしてもそのことをお伝えしたいと思いました。

私はというと、かれこれ十数年前、先生が私を一人の学生だと認識する以前、大学二回生の時に、先生のことを積極的に「私の先生」として意識しておりました。ちょうどその頃、私はサリンジャー、カミュ、と立て続けに自分の人生の書と呼べる本と出会っており、寝ても覚めても文学一色でした。朝から本屋さんに座り込んで買った本を一日中読んでいたので、「こんなに本屋さんに居るのなら、いっそ働けば本を読みながらお金がもらえるのでは?」などという愚かな思い付きで書店員のアルバイトを始めるほどでした(実際は思い描いていたようなちょろい仕事ではありませんでした……)。

そしてそうやって感性の赴くまま、手当たり次第に本を読んでいた頃、サリンジャー、カミュに続いて先生の本に出会った日のことは、今でも鮮明に覚えています。二回生の、ある秋の夕暮れ時、読み終えたばかりの先生の本を閉じた瞬間、私は自分がいかに幸運に恵まれているか悟ったからです。こんな素晴らしい書き手が近くに居て、しかも私は今現在この人の居る大学に通っており、ゼミ生になることが出来る……！　カミュはもう死んでいるし、サリンジャーは隠遁していたけれど、内田樹先生は生きていて、これから話すことも、指導を乞うことも出来る。そう思うと、私は小躍りしそうになりながら家に帰ったものでした。そしてそれが、その後幾度となく経験することになった、先生が私の退屈な日常をパッと明るくしてくれた最初の瞬間でもありました。

ところで先生は、ご著書や講演会などでお話しする時のような、そのナイフのようなキレキレの語り口とは裏腹に、私たち生徒には何も要求しない（と言っては誤謬があるかもしれませんが）、「語らず学ばせる」先生だと、私は思っています。私の知る限り、先生は一度も、私たち生徒に対して「こうしなさい」「ああしなさい」と指導をしたことがないからです。どちらかというと、先生は遠慮がちに「こうしておいた方がいいよ」とか「これは覚えておいた方がいいかもね」と言いますが、とにかく声を荒らげて私たち生徒に何かを要求したことは一度もありませんでした。そしてむしろ、「学びたくないのなら学ばなくてもいいよ」というようなスタンスで、私たちを試していたような印象を、私は在学中から持っていました。

だけど面白いことに、そんな風に「学ぶこと」を強要されないと、私たち女学院生はどこか肩透かしを食らったような気持ちになって、急に真面目に授業に参加するようになっていたように思います。だから、大学一回生のフランス語基礎の授業でも、お喋り好きの女学院生たちが誰一人として私語をしていなかったのをよく覚えています。先生が一度も「静かにしなさい」とか「これを覚えておくように」とか言わないのに、生徒たちは勝手に静かにして、熱心に手を動かしており、これは他のどの授業とも全く違う光景でした。

三回生から始まったゼミでも、先生は自分たちが選ぶテーマを「何でもいい」とおっしゃいました。先生はいつも私たち生徒に「好きにしなさい」と言って、自由な世界に解き放ち、静かに見守っておられたように思います。そして先生にそんな風に自由を与えられた私たち生徒は、不思議と、自分たち自身の身の振り方を真剣に考え、積極的に学ぼうとしていたように思います。

『ウィスコンシン渾身日記』でも、先生はそうでした。

一度、ある友人から「どの程度まで内田樹先生は日記を添削するの？」と聞かれたことがありましたが、もちろん先生は一度もそんなことはしませんでした。もっと言うと、先生はとりたてて私のあの日記を褒めもせず、けなしもせず、時々ひと言ふた言感想を言ってくださる程度でした。だから時に、気まぐれのように先生からお返事がもらえると、私は「もしかしたら、今回の日記を先生は気に入ってくれたのかもしれない」などと勘違いして、「よし、もっと先生が私に返信したくなるものを書こう」と意気込んだものでした。ブログへのアップに時間がかかった日には、「どこが良くなかったのだろう」と人知れず、

（勝手に）反省した夜もありました。先生は私に、助言の一つも与えることはなかったので、私は必死になって手探りで、「この二年間、何を書くべきか」について自問したように思います。

だからもし、先生があの時、「出版社からのオファーがあるのだから、これからもっと真面目に、気合いを入れて書くように」とおっしゃっていたら、私はあのまま自由奔放に楽しんで日記を書き続けられたかどうか、自信がありません。なぜなら二年間、私はただひたすら、何か面白いことがあると「先生に報告しなければ」と思ってパソコンに向かっていたからです。そして今、こうして出版が決まり、答え合わせのように先生からレヴィ＝ストロースのお話を聞くことが出来たのは、とても感動的なことでした。先生がおっしゃる通り、「面白がってくれる聴き手」が居て、「語る場所」があるということは、本当に幸福なことだったのだと私も思います。

長くなりましたが、二〇一五年から二〇一七年までを振り返ると、改めてとても濃密な二年間だったと思います。私は三十一歳から三十三歳までの期間を、アメリカ合衆国ウィスコンシン州で過ごしたわけですが、自分がマイノリティに属したことで初めて知る多くの発見やショック、沢山の出会いがありました。自分自身に嫌でも向き合うことが多かったので、自分に何が必要で何が必要ではないのかということを極限的に考えなくてはいけない状況が多く、それはそれで得難い体験だったと思います。きっと日本に居ただけでは分からないことをたくさん学んだし、挑戦したことも多く、価値観も大きく変わったのではないかと思うのですが、先生にお尋ねしたいことは、例えばこうした濃密な海外での体験というものは、わざわざお金をかけて旅に出なくても、可能なことだと思われますかということです。

それでは、お返事お待ちしております。

内田樹→白井青子　②

白井さま

おはようございます。内田樹です。

お手紙頂きましたのに、返信遅れてすみません。

大学時代に学生さんたちから自分がどういうふうに見られていたのか、直接聞く機会というのはあまりないので、今回卒業生である青子ちゃんから「どういう教師で、どういう授業だったか」（多少記憶の中で美化されてはいるでしょうけれど）を教えて頂きまして、とても感激しております。そうだったんですか。みんなまじめに授業聞いていてくれたんですね。

大学の教師をしている時につねに心がけていたことは、学びというのは最終的には「自学自習」であって、先方に学ぶ意志がない限り、こちらから何かを教えるということはできないということでした。逆に言えば、先方に学ぶ意志が発生したら、こちらの教え方がうまかろうが下手だろうが、どんどん学んでしまう。場合によっては、こちらが教えていないことまで学んでしまう。

そういうものなんです。

だから、教師の仕事は極言すれば「学びのスイッチを入れる」ことだけなんです。あとの仕事は学生たち本人がやってくれる。

問題はどうすれば「スイッチが入るか」です。これも極言すれば（極言ばかりしてますけど）、「スイッチが入っている状態」というものを目の前で、生で、お見せする他手立てがない。音楽における「グルーヴ」とか、アスリートにおける「フロー体験」とか、宗教体験における「三昧境（さんまいきょう）」とかと同じです。説明したり、記述したりすることはむずかしい。でも、目の前でお見せできれば「あ、こういう感じね」ということはすぐわかります。

「スイッチが入る」というのはどういうことかを知ってもらうためには、僕自身が学生たちの前で「スイッチが入った状態」になればいい。

僕の場合は、学生たちの発表やディスカッションの中での発言がきっかけになって、「そういえばさ…」と一見するとぜんぜん関係ない話を始めるということが多かったように思います。たぶんそれが僕にとっての「スイッチの入り方」なんだと思います。

前に話したことがあるかも知れませんが、人間の知性とは何かについてのたいへん印象深い小話があります。グレゴリー・ベイトソンが『精神と自然』の中で書いているのですけれど、こんな話です。

世界最大のスーパーコンピュータが組み立てられました。設計した博士はさっそくコンピュータに最初の質問を打ち込みました。質問はこうです。「コンピュータは人間と同じように思考できるか?」。コンピュータはごとごとと音を立てて計算を始め、やがて答えを印字した紙テープが吐き出されました(一九五〇年代のお話なので、今とはだいぶ事情が違います)。博士が駆け寄って手に取ると、そこにはこう書いてありました。

That reminds me of a story

日本語に訳すと、「そう言えば、こんな話を思い出した」ということになるでしょうか。それがコンピュータの出した「答え」でした。これは知性の働きとはどういうものかについての実に含蓄のある話だと僕は思います。

人間の知性というのは差し向けられた問いに対して正しい答えを出すというかたちで機能するものではありません。そうではなくて、「何かをきっかけにして、一つ話を思い出す」能力のうちにあります。本を読んでも、人の話を聞いても、ある出来事に遭遇しても、とにかくそれをきっかけに「そう言えば」という一言が口を衝いて出たら、それは知性の活動の「スイッチが入った」ということです。僕はそう理解しています。だから、僕が授業でやっていたのは、学生たちの発する一言をきっかけにして「そう言えば、こんな話を思い出した」と言って、一つお話をすることでした。

よく学生時代に教室で聴いた話の中で、何十年も経ってからはっきり思い出すのは「無駄話」や「雑談」だけだったと言います。ほんとにそうだと思います。僕も教師の「無駄話」をいくつかありありと記憶しています。でも、その「無駄話」や「雑談」を今も記憶しているのは、そのコンテンツがとりわけ興味深いものだったからではありません。実はたいした話じゃないんです。でも、覚えている。それは、授業中に教科書の中の一節とか、生徒が発した一言とかがきっかけになって、先生がちょっと遠い眼をして「そう言えば……」と思考のトラックが切り替わった一瞬の墜落感のような浮遊感のような独特の感じが僕たちに強い印象を残したからではないかと思います。

今でも一つ覚えていることがあります。大学院の修士課程のフランス語講読の授業でのことでした。受講生のたいへん少ない午前の授業で、その日は寒かったせいもあって、授業に出ていたのは僕一人でした。でも、先生はそんなことを気にしないで、ポール・ヴァレリーだったかミシェル・レリスだったかのテクストをゆるゆると読んでは解釈していました。そしてévénementという単語にさしかかりました。「出来事」という意味の単語だということは青子ちゃんもご存じでしょう。「エヴェヌマン…」その単語を見た時に先生の「スイッチが入った」んでしょう。先生はこんな話を始めました。

「むかし、僕がパリに留学していた頃。もう四十年も前のことになりますけれど、当時下宿していた家の近くで夜中に火事がありましてね。パジャマ姿で階下に降りたら、下宿のマダムが火事のあった方を眺めながら、小さな声で呟いておりました。『エヴェヌマン』。

その時僕はこの言葉はこういう時に使うのだと知ったのです」

　エヴェヌマンはただの「出来事」ではなく、「まあ、たいへん」というような感情的な含意があることを先生はその時に知ったのです。それから四十年くらいそのことを忘れていて、僕と差し向かいの授業の時に、「エヴェヌマン」という単語が出て来た時、ふと四十年前のパリの夜の火事のことを思い出したのでした。

　それからまた先生はテクストに戻って、静かに授業は続いたのです。でも、僕はその老教授の回想の中に一瞬巻き込まれたことを感じました。パリの寒い夜空の下で、火事があった家を見ながら、下宿のマダムの隣に立って肩をすくめている若き日の先生の相貌がありありと瞼の裏に浮かびました。短い間ですけれど、タイムスリップをしたような気分になりました。

　僕はその時、先生が一つの単語をきっかけにして、「そう言えば、こんな話を思い出した」現場に立ち会ったわけです。そして、思考が、何かのきっかけで予定されていたコースをふっと離れて、別の軌道を走り始める時の独特の高揚感を味わいました。それは僕にとって、とてもスリリングな経験だったのだと思います。だからずっと忘れることがなかった。

「先生」というのはフランス文学者の川俣晃自（かわまたこうじ）先生のことです（もう二十年も前に亡くなりました）。青子ちゃんに「スイッチが入る」というのがどういうことかを説明しようとしていて、ふっと僕もまた四十年前の寒いゼミ室にタイムスリップして、亡き川俣先生の温顔と穏やかな声を思い出しました。不思議ですね。

この手紙を読んで、青子ちゃんがまた「そう言えば、こんな話を思い出した」ということになると面白いですね。

では。

白井青子→内田樹　②

内田先生

先生、お返事ありがとうございます。

実は三日前、人生で十三度目となる引っ越しを終え、新天地での一からのスタートに心もとなく過ごしていた所だったのですが、先生の素敵なお便りを読んで心が温かくなりました。先生の記憶の中にビビッドに蘇る四十年前のゼミ室でのお話を読んでいると、私も一緒に寒いパリでの火災の夜に立ち会ったような気持ちになり、とても不思議でした。そんな風に誰かの中で燃えるように生きた記憶というものが、取り出され、語られる瞬間というのは、とてもスリリングです。そしてあたかもその火が燃え移るかのごとく、再びその記憶が居合わせた人を巻き込み、何かしらの原動力となって生き続けていくのだと思うととてもわくわくしました。

私はというと、先生のお話を聞いて、記憶と時間をテーマにした『ラ・ジュテ』という古いフランスのＳＦ映画を頭に思い浮かべていました。

先生はご存知かもしれませんが、『ラ・ジュテ』は近未来、第三次世界大戦後の廃墟と化したパリが舞台の三十分ほどのショートフィルムです。主人公の男は、この大戦後の捕虜の一人なのですが、彼は幼少期に見た「ある女性の記憶」に強く心を奪われており、そこから物語は始まります。ネタバレになるのでこれ以上の物語の詳細は控えますが、この映画の面白い点はその内容もさることながら、実は、全編がスチール写真で作られているという特異な所にあります。どういうことかというと、『ラ・ジュテ』は映画でありながら、最初から最後までスチール写真という静止画を映し出していくだけの、とても斬新なスタイルの映画なのです。

監督はヌーヴェル・ヴァーグの中心的存在であるクリス・マルケル。彼はもともと写真家やジャーナリストでもあったようですが、学生時代にサルトルの元で哲学を学んでおり、その作品の多くが思想的で難解、あるいは実験的であるのが特徴です。そしてそんなマルケルを一躍世界的に有名にし、後に多くの映画監督に影響を及ぼした作品が、この写真だけを切り貼りしたような『ラ・ジュテ』というわけです。

映画の話に戻りますと、この作品で観客は、貼り付けにされたモノクロのスチール写真と囁くようなモノローグによって物語の中に導かれていきます。面白いことに、シーンごとに現れるスチール写真は、もともとマルケルによって動画で通常撮影したものをストップモーション処理しているので、私たちはすぐに、その躍動感あふれる画面に惹きこまれることになります。マルケルの天才的なシーンのつなぎ方は、私たちからごく自然に、この映画が静止画の連続であるということの「違和感」を取り除いてしまいます。だから私は初めてこの映画を観た時、それが静止画であるにもかかわらず、あたかも動画のままの作品であるかのように錯覚したほどでした。『ラ・ジュテ』の不思議な世界観とあいまって、マルケルの思惑通り、映し出されるパリの街は息を吹き返し、主人公は私の目の前で動き出したのです。

『ラ・ジュテ』の凄さはそれだけではありません。そうやって観客がスチール写真の物語に惹きこまれる頃、突如、マルケルはトリッキーにも映像を一瞬だけ本来の動画に切り替えるのです。

それは二秒ほどの出来事で、注意しなければ思わず見過ごしそうになる瞬間なのですが、その一瞬の映像の破壊力はすさまじいものでした。もちろん、マルケルはそのシーンの美しさを際立たせるために全てのシーンを静止画でつないでいたわけですが、その実、動画となるシーンというのは、「人の何気ないしぐさ」であり、取り立てて誰かに話すような意味のあるシーンではありませんでした。それは例えば、ある人がうつむいた瞬間だったり、風に舞い散る葉っぱだったり、そういうものと同じくらいさりげない「動作」なのです。

だからその美しいシーンにたどり着いた時、私はマルケルがこの映画を通じて、人の記憶の底に焼き付いた美意識そのものを映像化しようとしたのだと理解しました。それは、とても個人的な美意識だと思います。すれ違う人の気配でもいいし、鳥が羽ばたく瞬間でもいい。ただ一瞬、日々の秩序を脱線して私たちがふと無意識に目を奪われる瞬間。それは他の人だったら気にも留めないような日常の一コマなのですが、それでも思い返すごとに、生々しく私たちに働きかける一瞬の記憶です。マルケルは『ラ・ジュテ』の中で静止と運動の使い分けによって、見事にその無意識の残像を映像として蘇らせたのです。

今回、私は、先生がおっしゃった「そういえば」と、ふいに去来する記憶の残像というものも、マルケルのこの目配せに似ているのではないかと思いました。なぜなら、私たちはそれを意識的に選び取ることが出来ないからです。生徒が授業の内容よりも覚えているという「無駄話」や「雑談」も、四十年前のパリでの出来事も、きっと覚えようと思って覚えているものではないはずです。ただ、どうしても目に焼き付いて離れないものがあって、それが何かの拍子にふっと言語化されて降りてくる。モノクロのスチール写真のように貼り付けにされた過去が、何かの拍子に生き返り、私たちの意識に上ってくる。そういう瞬間というのは、きっと先生がおっしゃった通り（そしてマルケルが実践した通り）、他者を巻き込む不思議な威力を持つのだと私は思いました。

何だか話が妙なところに来てしまいました。もっと笑える話を書けたら良かったのですが、先生のゼミのことで思い出すのは、私が終始とても緊張していたということばかりでした。だけど、先生が川俣先生のお話をしてくださったように、今日もどこかで過去の残像を誰かが蘇らせているかもしれないと夢想すると、何だかロマンチックな気持ちになります。過去というのは、たった一回きりのようで、実は、数えきれないほどの可能性にあふれているのかもしれないです。

それでは。

内田樹→白井青子　③

白井さま

こんにちは。内田樹です。

前便頂いてから、返信遅れてしまって済みません。忙しかったんですよ（ご承知でしょうけれど）。この年になって、こんなに忙しい人生を送ることになろうとは思ってもいませんでした。六十歳で隠居したつもりだったんですけれど、「エバーグリーン」とかいって、なかなか世間の男たちが引退しないものですから、「隠居した人」がよほど珍しいのか、あちこちからお座敷がかかって、席の温まる暇（いとま）がありません。

もともと、誰に遠慮もせずに言いたい放題でしたけれど、それでも神戸女学院大学に奉職していた時は多少遠慮があったのです。「神戸女学院大学の教授ともあろうものが」というタイプのクレームが時々つくのです。自分で勝手に大学教授は「かくあるべし」というイメージを作っておいて、それにそぐわないからと言っていちゃもんをつけてくるような連中なんて、ほんとうはどうだっていいんですけれど、教務課とか学長室に抗議の電話がかかってきたりすると（くるのです）、電話口で怒鳴り付けられたり、厭味を言われたりするのは何の罪もない職員さんたちなので、それは申し訳ないなあと思って、それでも少しは控えていたのです（あれでも）。

さいわい、もうどんな組織の看板も背負っていないので、僕が何を言おうと何を書こうと、僕のところ以外には苦情は行きませんし、それも今ではほとんどツイッターへのリプライか、せいぜいメールです。リプライはそもそも「読まない」設定にしてありますし、メールも知らない人からのメールで「気分悪そう」なのは直感的に読まずに削除しているので、もう誰からも苦情が届くということがなくなりました。それでも内田に文句を伝えたいという人は凱風館までおいでになればいいわけで（よくないけど）、Googleマップで探せば、すぐ道順はわかります。でも、来ても、インターフォンで「アポイントをとらない人とはお会いできません。お帰りください」と言われて電車賃無駄になるだけですけど。

というわけで、隠居後は「言いたい放題」にさらに勢いがついてしまいました。「そこまで言う人はなかなかいないこと」ばかり選択的に言うようになったら、世間の人に物珍しがられて、隠居後かえって仕事が増えてしまったという予想外の事態になったのでした。

忙しいのは嫌ですけれど、「あなたの話が聴きたい」「あなたの書いたものが読みたい」と言ってくださる人がたくさんいてくれるというのはやっぱりうれしいことです。

往復書簡の最後に、再びウィスコンシンに旅立つ青子ちゃんへの「むまのはなむけ」として、「ものを書く甲斐」について僕の考えていることをお伝えしておきたいと思います。

僕の場合は、ものを書く時の一番強い動機は「それを自分が書いておかないと、誰も書かないから」です。僕がものを書く時の最初の想定読者は「それを読みたがっている自分自身」です。自分が読みたいことがあるのだけれど、誰もそれについて書いてくれない。しかたがないので自分で書く。僕の書いた本はおおかたがそういう成り立ちです。「どうして子どもたちは学ぶ意欲を失ったのか」、その理由が知りたくなったので、資料を漁って、本を書いた。「アメリカ人はいったい何を考えているのか」が知りたくなったので、資料を漁って、本を書いた。「レヴィナスはいったい何を言いたいのか」が知りたくなったので、資料を漁って、本を書いた…などなど。自分の知りたいことについて集中的・体系的に調べるためには、それについて本を一冊書くのが一番手っ取り早い。他の方は存じませんが、僕の場合はそうです。

自分を相手に本を書くことの一番よい点は「わかりやすい」ということです。なにしろ読者が自分ですから「ごまかし」が利かない。ちゃんと書くしかない。知らないことを知ったふりをしてみたり、理屈が通らない話をうやむやにしてみたり、証拠がないのに断定してみたり…というようなことは、読者が他人であれば、場合によっては通るかも知れませんけれど、読者が自分では無理です。「知らないで書いている」「論理が飛躍している」「根拠がない」ということを書いている本人は知っているんですから。だから、

「知らないこと」は「知らない」と書くしかない。論理の飛躍は、そのような飛躍がどうしても必要だと思ったら、「ここに論理の飛躍があります（ひとつご勘弁を）」と添え書きします。「根拠がない」場合には「無根拠な断定ですけれど、なんかそんな気がしたんです。気がしただけで根拠はないんですけれど、直感侮るべからず。何かあるんです、きっと」とぐちゃぐちゃと言い訳する。よそ目には「何を余計なことを書いているんだ」と思えるかも知れませんけれど、自分で自分に向かって背景説明をしているわけですから、これはそれなりに説得力があります。だから、他人が読んでも、それなりに説得力がある。そういうものです。

僕は文章のリーダビリティというのは、最終的には「自分で読んで、腑に落ちるかどうか」ということが基準になるんじゃないかと思います。自分で読んで、納得できる。自分で読んで、「そうだよな。そういうことって、あるよな」と頷ける。自分で読んで「そうか、そうだったのか。なるほど」と膝を打つ。そういうものを書く。

これは自己満足とか、自己閉塞ということとは違います。だって、自分が何かを知りたくて書いているわけで、書き始めた時点ではまだ知らなかったことが、書き進んでいるうちにだんだんわかってくるんですから。自分で書いたものを読みながら、「ああ、そうか。そういうことだったのか」と頷いている。

書き始めた時の自分と、書き終えた時の自分では（少しだけ）別の人間になっている。

そういう力動的なプロセスに身を置くことが「ものを書く甲斐」だと僕は思います。

自分がすでに熟知していることなら、改めて書きたいとは思いません（だって、もう知ってるんだから）。逆に、自分がまったく知らないことについては、そもそも書き始めることができない。ということは、僕たちが何か書く時というのは、「まだその全容は知られていないのだが、ちょっとだけわかりかけてきたこと」について書くということになります。

これはソクラテスが「問題」について述べたことと似ています。僕たちはすでにその答えを知っていることは「問題」とは呼びません。また、その答えを得る手がかりがまったく思いつかないことも「問題」とは呼びません。私たちが「これは問題だ」というのは、まだ答えを知っているわけではないけれど、ある程度時間をかけて考えると答えが得られそうな気がすることとです。そういうものだけが意識に主題化する。そういうものだけが知性を活性化させる。半分隠れて、半分顕れているもの。それが知性を挑発するのです。

ものを書く場合も同じです。何かについて書きたいと思った時には、それについて自分が何を書くことになるのか、半分くらいわかっていて、半分くらいわかっていないというくらいの顕秘の比率がたぶんもっとも生産的なんじゃないかと思います。

ですから、これから青子ちゃんが物書きとしてある程度のクオリティの仕事を継続的にしてゆきたいと思ったら、「半分くらいわかっていて、半分くらいわかっていないこと」

についての長いリストをいろいろな領域で、いろいろな論件について所有しているということがとても大切になります。

ある特定の範囲についてなら、誰にも負けないくらい知っているけれど、他の領域のことにはとんと興味がないというタイプの人は学者には向いていますが、物書きには向いていません。だからと言って、さまざまな分野について通り一遍の知識を浅く広く持っているというだけでもやっぱり足りません。

分野によって知識や経験の深浅にばらつきはあるけれど、ある分野については、かなり深いところまで踏み込んだことがあるということが必要です。「それなりにわかっている分野」というものを持っていないと、そもそも「わかる」とはどういうことであるかが「わからない」からです。

僕は「これが専門」と自慢できるような特定の学術分野を持っているわけではありませんが、フランスの哲学、ユダヤ教思想、武道、能楽についてはどれも長期にわたって集中的に研究したり、稽古したりしたことがあります。だから、そこそこのことはわかる。

前に安彦良和さんという方からお話をしたいというオファーを頂いたことがありました。『機動戦士ガンダム』を描いた方です。僕はそういう方面にはまったく疎いので、どうして僕なんかに用事があるのかしらと思ったら、安彦さんはその時『虹色のトロツキー』という満州建国大学を題材にした歴史漫画を連載されていて、物語の横糸に合気道開祖植芝(うえしば)

盛平(もりへい)と満州におけるユダヤ人問題が絡んでいたからです。「合気道とユダヤ人問題の両方に詳しい人間」といったら、たしかに日本には僕の他にはあまりいそうもない。そういうかたちで「余人を以ては代え難い」というポジションを得ることもできるんだな…とその時しみじみ思いました。

ですから、青子ちゃんも「半分くらいわかっていて、半分くらいわからないこと」をいくつか持っていることが、これからものを書き続ける上ではとても役に立つだろうと思います。そんな抽象的なこと言われても…とさぞ困惑されていることでしょうけれど、こういうアドバイスも「半分くらい意味がわかるけど、半分くらいわからない」というあたりの湯加減が手ごろなのです。

では、よい旅を。God speed you

内田先生

先生、お忙しい中お便りくださり、本当にありがとうございます。それから「書くこと」への素敵なアドバイス、とてもあり難く拝読致しました。先生のように浩瀚（こうかん）な書物を書き続けることの出来る方から「書くこと」の秘密を伝授していただけたことをとても嬉しく思っています。

ところで、先生に「日記を書いたら?」と言われる日まで、私は「書くこと」への憧憬を抱きながらも、自分が何かを書けるとは思っていませんでした。だけどあのウィスコンシンでの二年間を通じて、先生に「書く」場所を提供していただいてから、私は少しずつ書く楽しさを覚えていったように思います。だから先生がおっしゃった通り、「書き進めていくうちに何を書いているか分かる」という感覚も、実は生意気ながら、今なら少しだけ分かる気がしました。書くまでは何が起こったのか分からなかった経験も、書いているうちに自分の中で腑に落ちる場所が見つかるという感覚も、私はこの二年間の渾身日記を通じて体感することが何度かありました。白井君に話そうとしてもうまく言葉に出来なかったことも、パソコンに向かうと不思議と頭の中にあった思いが言葉の糸となって紡がれ、自由に羽ばたいていくのを目にしたことがありました。もちろん、あんな風にウィスコンシンでの体験を日記として二年間書き続けることが出来るということも、私自身が一番思ってもみなかったことでしたが、毎月先生宛に日記を「書く」ということで体得したことは、大きな財産だったと思います。

そういえば、先生は覚えてらっしゃらないかもしれませんが、まだ先生のゼミ生だった頃、私は一度先生に「文学と映画の違い」について尋ねたことがありました。実はその頃、私は意地の悪い友人から「文学は死んだ。誰も文学なんて読まないよ。それなら映画を観るよ」と言われ、先生に「いったい文学よりも映画がいいというのは何事でしょうか?」と、泣きついたことがあったのです（迷惑な話ですね）。だけど文学少女だった私にとって、その時「文学は死んだ」という言葉は大きなショックを伴うもので、さらにその友人に言い返せなかったことをくよくよと嘆いていました。そんな私に向かって先生は「うーん」と少し考えられてから、「文学はお金がかからないよね」とあっけらかんとおっしゃったのを私は今でも覚えています。

「だってそうでしょ?　壮大な宇宙の話を作ろうとして、文学だったら鉛筆と紙で出来ちゃうけど、映画を撮ろうとしたらセットやら俳優やらと莫大な資金が必要でしょ?」そう言うと、先生は驚きながら考え込んでいる私に向かって、「だけど文学と映画を同じ土俵に置いて比べるなんて出来ないと思うよ」と言ってにっこりと笑ってくださいました。

今思うと、筆一本で宇宙の果てまで行けると先生が教えてくださった時から、先生は私に、「書くこと」の醍醐味を教えてくださっていたのかもしれないです。鉛筆と紙さえあれば、私たちは「書く」という行為を通じて、自分自身でさえも全く知らなかった世界を作り上げることが出来る。自分の身に起こったことを自分で書き起こしながら発見していく楽しさを、先生はいつだって教えようとしてくださっていたのかもしれないと思いました。

ところで、先生もご存知の通り、私はまた何の因果か、ウィスコンシン州へ戻ることになりました。幸福なことに、日本に帰国してからのこの一年間、マディソンで出会った友人たちとのつながりはＳＮＳやe-mailを通じて途切れることがありませんでした。サウジアラビア人のアハメもダラルも台湾人のジエルも、時折メールを送ってくれました。ダラルはもうマディソンには居ませんが、アハメは今もマディソンで大学生活を送っていて、「ベビーに会いたい」と言ってくれました。カプレイ教授は隠居生活を送りながらも、日本が舞台の映画を観て私のことを思い出したと、嬉しいメールを送ってくれたこともありました。語学学校の先生たちは私が赤ちゃんの写真をＳＮＳでアップするたびに、「連れてこい」と言いますし、トム先生は「可愛いのは旦那さんにそっくりだからだろ?」と言って相変わらず私のことをからかってきます。フロントデスクで働くプンは、私がマディソンを去る日に「文通をしよう」としつこく提案してくれた割には、忙しいと言ってこの一年間で一通だけ、とても短い手紙を書いて送ってくれました(しかもそこには自分がどんなに忙しいか書かれていたのみでした)。

アメリカ人のトニと結婚したタイ人のパニカは、無事にトニにそっくりの女の子を出産し、しばらくしてトニと共にタイを訪問し、晴れてパニカの親族たちに赤ちゃんをお披露目することが出来たようです。相変わらずマディソンは全米で最も住みやすい街にランクインし、私は目をつぶるとやっぱりあの豊かな情景がはっきりと脳裏に蘇るのでした。

だから再び、あのマディソンでの生活が始まると思うと、私は単純に自分が幸運だと思うばかりです。一年前とは少し状況が変わるので、以前と全く同じような暮らしは望めない部分もありますが、先生からいただいた「半分は分かっていて、半分は分からないもののリスト」という課題もこれからゆっくり考えていきたいと思っています。そしてやっぱり、これからもウィスコンシン州マディソンで見つけた面白い出来事を先生に書き送ることが出来たら、と密かに願っております。

それでは、まだまだ先生には感謝したいこと、聞きたいことがたくさんありますが、ひとまず往復書簡はこの辺で終わろうと思います。先生から教えていただいた数々のことを胸に、これからも頑張りたいと思います。先生、本当にありがとうございました。

本書はブログ「内田樹の研究室」掲載の
「青子のウィスコンシン渾身日記」(二〇一五年七月～二〇一七年七月)を
加筆修正したものです。また、往復書簡は書き下ろしです。

ウィスコンシン渾身日記

二〇一八年六月二十日　第一刷発行

著者　白井青子

発行者　見城 徹
発行所　株式会社 幻冬舎
〒一五一-〇〇五一 東京都渋谷区千駄ヶ谷四-九-七
電話 〇三-五四一一-六二一一（編集）
〇三-五四一一-六二二二（営業）
振替 〇〇一二〇-八-七六七六四三
印刷・製本所　図書印刷株式会社

幻冬舎ホームページアドレス http://www.gentosha.co.jp/
この本に関するご意見・ご感想をメールでお寄せいただく場合は、comment@gentosha.co.jp まで。